最愛竜を飼いならせ

暴君

犬飼のの

キャラ文庫

この作品はフィクションです。
実在の人物・団体・事件などにはいっさい関係ありません。

目次

口絵・本文イラスト／笠井あゆみ

ロシアのバイカル湖に通じる巨大氷窟、エリダラーダの病院で、ツァーリは病床の部下を見舞っていた。

その呼び名通り、ツァーリは竜人組織フヴォーストの頂点に君臨する男だ。

日本では皇帝竜とも呼ばれる伝説の有毒草食恐竜、マークシムス・ウェネーヌム・サウルス竜人の唯一の生き残りとして、永遠の時を生きている。

「ツァーリ自ら、このようなこと。畏れ多く勿体ないです。看護師が戻ったら頼みますから、御手を汚さないでください」

「タオルを濡らして絞っているだけだ。普段から君のためにセーターや靴下を編んでいるのに、何をいまさら」

「それとこれとは話が別です」

目を潤ませて恐縮しているのは、人間社会で絶大な人気を誇るトップモデル、リュシアン・カーニュだ。

サバーカと呼ばれる恐竜の影を持たない竜人だが、己の肉体を他者に貸し与える能力を持ち、ツァーリにとっては掛け替えのない存在といえる。

何しろツァーリが背負う恐竜の影はあまりにも大きく、容易に地上に出られる身ではない。

ツァーリはリュシアンに体を借りることで自身の影から逃れ、エリダラーダの外に出て行動範囲を広げることができた。

そして沢木潤という人間に出会い、彼を愛した。

最初は危険因子か否かという点で調査を開始し、潤が種族と性別を超えて自分の子を産める可能性があるとわかってからは、個人的に興味を持った。

どうやって手に入れるか考えていたところで運が向いてきて、リュシアン・カーニュとして同じショーに出ることになった。

首尾よく攫って洗脳したあと、涸れていたはずの心が思いがけぬ恋情で満たされ、潤の心を尊重する破目になったのは計算外だったが、彼に溺れたことに後悔はない。

「傷はまだ癒えないが、顔色はだいぶよくなってきた。必要な物があったらなんでも遠慮なくいってくれ。君が酷い目に遭ったのは私のせいなのだし……もし君が私の焼いたスィルニキを食べたいというなら、すぐに用意しよう。もちろんシチューも、腕に縒りをかけて作るよ」

「ツァーリ、せっかくですが、貴方が作るスィルニキには卵が入っていませんから、果たしてスィルニキといえるかどうか微妙です。シチューも肉が入っていませんし」

「リュシアン、君はモデルなんだ、草食竜人の私に合わせておきなさい」

「いいえツァーリ、今の私は栄養を摂って血肉を増やすべきです」

「それは確かに」

リュシアンが冗談をいってくれたことで、ツァーリは久しぶりに笑う。

潤への想いに後悔はなくとも、リュシアンの怪我に関しては今も胸が痛かった。

潤を攫ったわずか数時間後に、リュシアンが暴君竜の竜嵜可畏に拘束されたのは予定外で、殴る蹴るは疎か、全指の爪を剝がされたり全身の骨を折られたりといった激しい拷問を受けた彼のことを、心から憂いている。

「――ッ！」

リュシアンの傍らに座っていたツァーリは、不意に迫る何かに気づいた。

これは、蜘蛛が巣にかかった羽虫に気づくようなもので、広大なバイカル湖に人間ではない者が近づいた時に起きる知覚だ。

「ツァーリ？　バイカル湖に侵入者ですか？」

無意識に眉を寄せて天井を見ていたのだろう。

仰向けに伏しているリュシアンもまた、上に目を向けた。

そんなことをしても彼には天井と照明以外は見えないが、ツァーリには見える。

本当は仰ぎ見る必要はなく、単なる条件反射だった。病室の天井の、さらに上にある空間も、氷天井すらも越えられる。湖上で起きていることを写し取り、力ある者の姿を探った。

「竜人が一人……湖の畔に立っている。恐竜の影を持っていない、小さな竜人……サバーカのようで、そうではないような」

「敵、なのでしょうか?」

「そういった印象は受けない。随分と小柄で……いや、小柄というべきではないな。おそらく、子供……それも、幼児に近い」

格別に有能な水竜人が持つ水鏡の能力は、遠くにある光景を細かな文字に至るまで覗けるといわれているが、ツァーリの能力はそれとは異なり、後天的に進化した独自のものだった。

何もかも明瞭に見えるわけではないものの、それを補う直観力が働く。

その竜人が今どういった心情なのか、凡そ見当がついた。

「まさか……」

椅子から立ち上がったツァーリは、裾を翻す勢いで病室を出る。

驚いたリュシアンの声が聞こえ、廊下では戻ってきた看護師がぎょっとしていたが、構わず走って病院をあとにした。

普段は鷹揚に構え、竜人組織に君臨する超大型草食竜人らしく行動するツァーリが、一刻を争うなど滅多にないことだ。

自分らしくないと思わなくもなかったが、しかし止まれなかった。

バイカル湖の底にあるようで、そうとはいい切れない異空間に朝の光が射し込み、見慣れた氷窟がいつになく輝いて見える。

——湖よ……その子供を私の元に……エリダラーダに迎え入れよ!

氷の道を走りながらでも、力を使うことはできた。

バイカル湖の主であるツァーリは、湖の上と湖畔にある物質を、エリダラーダに引き寄せる力を持っている。

冬は氷上を走る車両を、夏はどんなに大きな船でも瞬時に消して、最奥の氷窟に転移させることが可能だ。

——庇護を求める小さな子供。自分の足で立っているのが嘘のように幼いが、しかし決して弱々しくはない。極めて強い生命力を持ち、恐竜の影を持たず、それでいて紛れもない竜人。潤が産んだ……慈雨や、倖のような！

大勢のサバーカが住む街を抜け、ツァーリは氷のトンネルに向かう。

唯一の漂着ポイントがある最奥の氷窟は遠く、人間の姿で走ると相当な距離があった。車を用意すべきだと理性ではわかっていたが、一瞬たりとも足を止められない。

ゼイゼイ、ハァハァと息を切らせて最後のトンネルを抜けると、そこには氷以外は何もない空間が広がっていた。

この氷窟は悪魔のクレーターと呼ばれる湖上の一点と繋がっていて、その小さなポイントに踏み込んだ物質及び、ツァーリが招き入れたものがここに現れる。

氷の天井から降ってくるわけではなく、氷の床から湧いてくるわけでもない。突然、氷窟の中央に姿を見せるのだ。

「君は……！」

謎の幼児を招き入れてからツァーリがここに到着するまで、すでに数十分は経過していた。

幼児は自らの足で唯一のトンネルに向かってきており、ツァーリとの距離は狭まっている。

思念では明瞭に見えなかった姿を、今は肉眼ではっきりと捉えることができた。

推定五歳程度に見える幼児は、どこかで拾ったような襤褸布を纏っている。

動くと性器がちらりと見えて、男児だとわかった。

肌はカフェオレ色だが、肩まで伸びた髪は銀色で、目は紫色だ。

色の違いこそあるものの、可畏と潤の間に生まれた長男、慈雨が五歳になったら、おそらくこの子にそっくりになるだろうと確信できるほどよく似ている。

「こんな、奇跡が……あり得るのか？　君は、私の……」

近づけば近づくほどに、血が疼いた。

千年以上もの間、憧れ続けた我が子が目の前にいる。

マークシムス・ウェネーヌム・サウルスではなく、恐竜の影すら背負っていない。

それでいて血肉を糧に生きる者の匂いがするけれど、そんなことはどうだってよかった。

他の誰でもない、愛しい潤によく似た顔で、銀の髪と紫の目を持って生まれてくれた。

永久の孤独を覚悟していた遺伝子を受け継ぎ、我が子として誕生してくれたのだ。

そして血の絆に引き寄せられ、バイカル湖まで来てくれた。

「君は、私の息子だ。私の天使……君の名は、ミハイロだ」

襤褸を纏った美しい男児は、ツァーリを見上げながら唇を動かす。

最初は無音だったが、さくらんぼの唇を何度か開閉したあとに、「ミ、ハ……」と声を振り絞った。

「そうだよ、君はミハイロだ」

愛する人との間に奇跡の子を儲けた喜びを、呪われた血を覆す運命への謝意を、いい表せる道理がなくて──言葉にならない唇の代わりに、瞳が濡れていく。

冷たい頬を伝う涙の熱さは、自分でも驚くほどのものだった。

「──ツ、ウ」

抱き締めようとすると、ミハイロはツァーリの手首を咬む。

巨大な恐竜の影を背負う者に警戒心を抱いたのかと思いきや、そうではなかった。

恐れているわけではなく、かといって草食竜人の血を餌として求めているわけでもない。

咬みついて血に塗れながらも啜りはせず、どことなく嬉しそうな顔をしているミハイロは、甘噛みのつもりで力が過ぎてしまう、無邪気な仔猫のようだった。

《一》

ミロ少年が竜泉学院に現れて二週間が経ち、可畏は潤と共に待ちの態勢を崩す決意をした。

ツァーリの血が混ざっているとはいえ、自分と潤の間に生まれた三番目の子を、いつまでも他人に預けていたくはない。

次男の倖がミロと遊ぶ約束をしていたため、この二週間は彼が会いにくることを期待しつつ、同時に、ツァーリやフヴォーストのエージェントの接近に警戒しながら過ごしてきた。

警戒――とはいっても以前とは違い、命の心配をしているわけではない。

皮肉にもツァーリが潤に与えた絶対不可侵権によって、可畏は安寧の日々を手に入れていた。

自身に対して怨みを持つ竜人による潤への攻撃や、潤に想いを寄せる者達による誘拐など、これまでの危惧が現実として考え難くなったからだ。

潤が世界中の竜王から注目を浴びる特別な存在となったからといって、現状可畏には祝意が集まるばかりで、潤が狙われることはない。フヴォーストによる粛清は逃れ難いもので、それ故に絶対不可侵権が有効だということを、竜王の一人である可畏自身がよくわかっていた。

「可畏、いい？　箱を開けるよ」

まだ子供達が眠っている明け方、可畏は書斎のソファーに腰かけながら頷く。

皮肉だろうと不本意だろうと、潤が安心して過ごせる現状を真っ向から受け入れ、絶対不可侵権の飾章である腕時計が収められた箱を見据える。

当の潤はツァーリと繋がる箱を前にして座り、可畏とは距離を取っていた。

潤が独りの時でなければ応答を得られない懸念があるからだが、箱に仕込まれたカメラに潤以外は映らない状態で箱を開けても、沈黙が過るばかりで応答はない。

「あれ……もしかして地上にいないのかな？」

一分以上が経過して、潤は独り言として呟いた。

可畏が念のため黙っていると、潤は箱の側面を指の先でコツンと叩く。

小動物か虫でも起こすような仕草だった。

「あ……っ」

今は繋がらない時なのかと諦めかけると、小さな電子音が鳴る。

優れた聴力を持つ可畏は、箱の前にいる潤よりも早く、回線が繋がったことに気づいた。

『こんばんは、潤様』

聞こえてきたのはリュシアン・カーニュの声で、可畏が拷問していた時とは違い、潤の名に敬称を付けている。

おそらくツァーリに体を貸していない状態のリュシアン本人なのだろうが、いずれにしても可畏には面白くない話だった。

リュシアンが「潤様」などと呼ぶのは、潤をツァーリの妃と認識しているからだ。

もちろん事実とは異なり、潤は可畏の妃に違いないが……ツァーリの血を引く子供を産んだ以上、完全否定は難しい。妃ではないが、唯一人の皇子の母親――潤はフヴォーストにとって、特別な存在になってしまったのだ。

「えっと、念のため確認しますけど、ツァーリは入ってませんよね？　リュシアンさん本人で間違いないですか？」

『はい、私はツァーリの忠実な僕の一人、リュシアン・カーニュ本人です。ツァーリはエリダラーダに戻られていますので、しばらく通信できません』

画面を覗くわけにはいかない可畏は、リュシアンの流暢な日本語を聞きながら、記者会見で見た彼の姿を思い返していた。

サバーカの治癒能力は普通の竜人よりも劣るが、さすがにもう、すべての傷が完治しているだろう。可畏が拷問を加えていた頃の面影はなく、生臭い血糊とは無縁のモデルらしい姿で、潤の目に映っているはずだ。

――ツァーリが入っていようといまいと、忌々しいことに変わりはない。ツァーリの依代になれるコイツが生きてる以上、どうしたって警戒は解けない。

リュシアンは絶対不可侵権こそ持っていないが、他の竜人やサバーカとは価値が違う。

何しろ、可畏と潤がエリダラーダから解放されるための交換条件になった人物だ。

殺せば組織に対する完全なる反逆と見做され、避けようがない形で報復されるのは火を見るよりも明らかだった。当然、手を出すことはできない。

もしもツァーリが「潤に会いたい時は自分の体で来る」という宣言を覆し、恐竜の影を持たないリュシアンに憑依して近づいてきたらと思うと……怒りと不安で鳥肌がぶわりと立つが、それでもリュシアンを始末するわけにはいかなかった。

「リュシアンさん、ミロくんは、今どこでどうしてるんですか?」

『その質問が来ると思っていました。もちろん、ツァーリと一緒にエリダラーダにいらっしゃいます。それ以上のことはお答えできません』

「……っ、それなら、ツァーリとミロくん本人に伝えてほしいことがあります。俺と可畏は、ミロくんとの再会を熱望してます」

相手は違ったものの、潤は予定通りこちらの希望を口にする。

しばらく待ってもリュシアンが何もいわなかったので、潤は「ミロくんが俺に会いにくると思って、この二週間ずっと待っていました」と熱っぽく訴えた。

「俺も可畏も毎日毎日、緊張しながら……でも凄く楽しみにしながら待っていたんです」

さらに想いを語る潤に、リュシアンは何もいわない。

沈黙が流れる中で、可畏は黙って歯を食い縛った。

事実、二人でミロを待っていた。

潤には緊張よりも楽しみな面が多かったようだが、ミロに謝罪したい気持ちが強い可畏には、九割方が緊張だった。

絶対不可侵権により鬼胎を抱く必要がなくなっても、気が張る日々ではあったのだ。

何をしていても、次の瞬間にはあの子が現れるかもしれないと思うと落ち着かなくて、高速移動能力を持つミロを足止めするための、最初の一言はどうしようかと考えていた。

決めてもまた迷い、夜が明ければ「今日こそは」と願い、眠る前には「明日こそは」と祈り、ただひたすらに再会を待ち侘(わ)びた。

我が子だと知らずに殺意を向けたことを悔やみ、謝罪によってミロの心の傷を癒すと共に、許しを請いたいと切望していたのだから気が張って当然だが、残る一割の部分では、潤と同じように胸を膨らませていた。

可畏の父方のドレイク家の血筋に見られるカフェオレ色の肌を持ち、卵の殻から判断するに肉食恐竜の竜人と推定され、潤や慈雨に似ている美しい少年——間違いなく自分の子であり、第三子に当たるあの子に、会いたくてたまらなかった。

どんなにか可愛(かわい)いであろう声を、間近で聞きたい。

柔らかく温かい肌に触れて、手を繋いだり抱き上げたりしてみたい。

流れる血の四分の一はツァーリ由来のものだとしても、慈雨や倖のように愛したい。何もかも、「許されるならば」の話だが、こうして許されたいと切に願うのは、父親としてあの子を愛し始めているからだ。

「リュシアンさん、お願いです。ミロくんに会わせてください。ツァーリに、俺達があの子に会って謝りたがっていることを伝えてください」

相手が自分に想いを寄せる相手ではないせいか、潤は無遠慮に身を乗りだす。

時計の箱に額を突っ込まんばかりに迫り、「お願いします！」と声を張り上げた。

『そんな大声を出さなくても聞こえています。潤様、貴方がエリダラーダに来てミハイロ様に会う分には構いません。いつでも歓迎します』

「――ッ」

リュシアンの返答の中には、可畏が驚きを禁じ得ない二つの言葉が含まれていた。

倖が「ミロくん」と呼んでいた少年の本名がミハイロだという事実と、子供に会いたければエリダラーダに来いと指示されたことだ。

後者は予想していた内容だったが、本当にいわれると沸々と怒りが湧いてくる。

『ミハイロ様は貴方を好きになったようで、いつ来てくれるのかと楽しみにしています。幼い子供にとっての二週間は長かったと思いますよ』

真綿で首を絞めるようないい方をされ、潤はショックを受けて居竦(いすく)まる。

ミハイロの来訪を待って二週間も空けてしまったことを、可畏も潤も今となっては後悔しており、そこを突かれるとますます早く会いたくなった。

向こうの提案に乗るわけにはいかないが、焦る心は抑えようがない。

『心配しなくても、ツァーリは貴方を洗脳したり無理に抱いたりする気はありません。貴方に憎まれるのは御免だそうですから』

「そんなの当然過ぎて心配してません。俺は可畏と暮らしてて人妻みたいなものなんで」

『人妻という響きは少々悩ましいですね。ミハイロ様は、潤様だけではなく、誰よりも倖様に会いたがっています。できれば倖様を連れて、或いは倖様と慈雨様のお二人を連れて、エリダラーダにお越しください』

「……できれば倖と慈雨を……って、可畏は？」

『それは愚問ではありませんか？』

ツァーリのために潤を欲してはいても、心から敬っているわけではないリュシアンは、潤の質問を愚問といい切る。可畏は今すぐにでもテーブルを蹴飛ばし、時計の箱の前に行って「ふざけるな！」と怒鳴り返したかった。子供絡みでなければそうしているところだが、人質を取られているも同然の今、怒り任せに選択を誤るわけにはいかない。

「可畏も一緒じゃないと、俺は行けません」

『そんな無理をいわないでください。潤様、今はミハイロ様のことを最優先に考えるべきではありませんか？　ミハイロ様は幸せな慈雨様や倖様とは違って、たった独りで孵化して急激に成長したんです』

「それは……それはもちろんわかってますけど、できることとできないことがあります」

『ミハイロ様はエリダラーダに来た時から、五歳程度の体を持っていました。あれくらいまで育たなければ生きていけない、過酷な環境に置かれていたからです。ツァーリはミハイロ様に、母親や兄達と共に過ごす子供らしい時間を贈りたいと、そう仰っています』

やはり「ふざけるな！」と怒鳴りたくなる可畏だったが、内心放った一言は、ブーメランのように返ってくる。

ふざけてはいないが油断があり、ミハイロに孤独を味わわせ、傷つけてしまった。

潤の胃に卵は出来ていないという、クリスチャンによる虚偽の診断結果を真に受けたことも、ドレイク家の肌色を持つミハイロと接触した際に、我が子だと気づけなかったことも、いくら悔やんでも悔やみ切れない。

そのうえ慈雨に大怪我をさせた者として、殺意を籠めてミハイロを睨み据えてしまった。

その罪悪感を刺激されると、どんな条件を呑んでも会いたくなる。

『潤様、できることなら貴方にはツァーリの花嫁になっていただいて、これからずっとエリダラーダで暮らしてほしいところですが……もちろんそんな無茶はいいません。ツァーリとは指一本触れ合わず、ミハイロ様とだけ接していただければ結構です』

「ミロくんと、だけ？」

『はい。ツァーリとは言葉を交わすだけにして、ミハイロ様にのみたくさん触れてください。期間は、可能な限り長く……が理想ですが、限界まで譲歩して一週間で構いません』

「一週間……」

『はい、わずか一週間のみです。約束はきっちりと明文化させますし、承諾してくださるなら私とニコライがすぐにお迎えに上がりますが、いかがですか？』

潤が接するのはミハイロだけ、そして期間は一週間。その約束は明文化される――つまりは必ず守られると考えてよい話だが、揺れ動く潤の表情に可畏は抵抗感を禁じ得ない。

好条件といえば好条件で、揺れて当然だと思いつつも釈然としなかった。

「それ、エリダラーダじゃなくて、地上のどこかとか、できれば日本国内じゃ駄目ですか？」

『地上では水竜人に覗き見される心配がつきまといます。それでは落ち着かないので、場所はエリダラーダ以外にはあり得ません』

取りつく島もなく場所を限定され、潤は指で眉根を押さえた。

可畏は無言で「一旦断れ」と念を送ったが、筆談の準備をしなかったのは不覚だった。

可畏の存在を向こうに気づかせないため、潤はこちらに視線を送らず、「少し考える時間をください」と答えてしまう。

独断による潤の返事に、可畏は骨が軋むほど拳を握り締めた。

自分が絶対に無理だ、駄目だと思うものが、潤にとっては絶対ではないということ――少し考え、検討する余地があるということがショックで、打ちのめされている自分がいる。

急に仲間を失い、孤立無援の状態で独りぽつんと置き去りにされた気分だった。

『明日のこの時間、お迎えに上がります。エリダラーダに行くか行かないか、それまでによく考えておいてください。もちろん無理強いはしませんが、そちらの条件や提案を聞く気は毛頭ありませんので、悪しからず御了承ください』

「え……ちょっと待ってください！　明日!?　明日っていいました!?」

驚く潤の声はリュシアンに届いたのか否か、通信がぷつりと切れた。

潤は諦め切れずに「リュシアンさん！」と箱を叩いたが、状況は変わらない。

こちらが一方的に会いたがっているわけではないのだから、エリダラーダに行くのは絶対に嫌だと断り、相手が譲歩せざるを得ない流れに持ち込むべきだ――といまさらいっても仕方がないが、可畏は怒り任せにデスクへと突き進む。

「行く気になってるのか？　冗談じゃねえ！」

壊しかねない勢いで時計の箱を閉じると、潤がびくっと慄いた。

怒鳴られるなんて思ってもいなかったという顔をしている。

「……っ、可畏？」

「たとえ数日でも、お前をツァーリの下に……っ、それも、奴が思うままに支配する異空間に行かせるなんて、無茶が過ぎる話だ！　何まともに受けてんだ」

「そんなことといったって、いうこと聞かなきゃミロくんに会わせてもらえないだろ。俺だって行きたくないよ、あんなとこ！」

可畏に劣らぬ勢いで、潤は両手をデスクについて立ち上がる。琥珀を嵌め込んだような目を潤ませ、「行きたくないけど、でもあの子に会いたいんだ！」と声を荒らげた。

「可畏は……今回は会えないかもしれないけど、まずは俺が会うことで事態は進展すると思う。次は可畏も会えるかもしれない。ここで拒んだら先に進めないいし、断ったのがミロくんの耳に入ったら傷つけるかもしれないだろ？　ただでさえ二週間も空けちゃったし、多少無茶なこといわれてもとにかく会わないと」

「俺だってあの子に会いたいとは思う。謝りたいとも思ってる。けどお前と引き換えにできるわけじゃねえ」

言葉を交わせば交わすほどに、可畏は潤と自分の感覚の差を思い知る。

潤の母性本能は生物として正しく働き、時には夫よりも子供を優先するのだろう。

一方で自分は、どんなに子供が可愛くても、いざとなれば潤を優先してしまう。

危機に陥った時、自力で対応できる可能性が高い竜人の子供達だから……というのも確かにあるが、理屈抜きに潤を後回しにはできない自分がいる。

「可畏、俺は殺されるわけじゃないし、犯されるわけでもない。ただ一週間だけ、ツァーリの近くでミロくんと暮らすだけだよ。一週間なんてすぐだよ」

「駄目だ。それで気が済むわけがねえ、執着が強まるだけだ。絶対不可侵権があっても奴には関係ねえ。胸一つでお前をどうにでもできるんだ」

「それはわかってる。可畏に心配かけるのもわかってる。けど向こうは組織のトップなんだし、今後はもう無茶苦茶なことはしないと思う。すべてを疑ってかかったら何もできないよ。先に進まなきゃ会えないままだろ？」

「人の妻を攫って洗脳して子種を仕込むような野郎を、なんだってそんなに信用できるんだ？　今でも洗脳から覚めてねえのか？　それとも子を生（な）した仲ともなれば特別か？」

「可畏……そんないい方しないでくれ。そういうんじゃないってわかってるだろ？」

潤が未（いま）だに洗脳の影響を受けているとは思っていないが、再び洗脳されないとはいい切れず、如何（いか）なる書状を交わしたところで絶対なんてものはない。

表向きは「潤が自ら選択したこと」として、二度と帰してもらえない公算もあるのだ。

少しでもリスクがある以上、やはり譲れなかった。それどころか、仮にリスクゼロの保証があったとしても、潤をツァーリに貸しだすことなど考えられない。

「お前がどう思っていようと関係ねえ、俺には耐えられない」

「耐えられないことでも、耐えるしかないじゃないか。成らぬ堪忍するが堪忍っていうだろ。もちろん倖や慈雨を連れていくつもりはないよ。子供達に関しては『できれば』って話だし、その部分は断って、俺一人で行く」

勝手に覚悟を決めた潤は、デスクと時計の箱を間に挟んだまま、ぐっと手を握ってくる。

リュシアンに「少し考える時間をください」といったのが嘘のようだった。

すでに迷いのない目をして、強引にでも説得する気で挑んでくる。

「可畏、俺達がここで拒んだのをあの子が知ったら、どう思うか考えないと。お腹にいるのを知らなかったから吐いたとか、自分の子だと思わなかったから睨みつけたとか、咄嗟の判断を誤ったこれまでとは違う……そういういいわけはもう通じないんだ。本当のことを知ってから二週間、冷静に考える時間があったのに拒んだことになる」

「エリダラーダに来いといわれたのは、たった今だ」

「そうだけど、でも可能性としては考えてただろ？　条件はそんなに悪くないし、これくらい我慢できなかったら、『俺達のところに来てくれ』なんていえない」

「俺抜きでお前だけ行くって時点で、条件は最悪だ」

「最悪じゃないよ、こんなの全然最悪じゃない。可畏は、もういいのか？　ミロくんに選ばれなくてもいいのか？　間違いなく俺達の子なのに、もう諦められるのか？」

泣かないようこらえながらも必死に訴えてくる潤の顔が、脳裏に焼きついたミハイロの顔と重なる。潤に似ていても、あの子はもっと冷めた表情をしていた。

売り言葉に買い言葉で、「ああ、あんな子供、もうどうでもいい」と返しそうになる愚かな唇が、ミハイロの視線に凍りつく。

突き放すような言葉は、たとえ誰も聞いていなくても口にできなかった。

実際にそれは本音ではなく、どうでもいいとは思っていない。諦めることもできない。

「お前を行かせることは、できない」

あれもこれも、「できない」と、心からそう思う。拒絶ばかりでは進まないとしても、すべてを手に入れるだけの力が自分にはないとしても、譲れないものがあった。

「可畏……」

決着をつけられないまま、可畏は書斎の外に出る。

一旦潤と離れて頭を冷やすしかなく、子供達の笑顔を求めてリビングに向かった。

書斎を出る際にモニターを見て確認する余裕はなかったものの、慈雨と倖が起きているのが耳でわかる。

優れた聴覚を持つ可畏の耳に、倖が「ジーくん、メロンなのね」というのが聞こえてきた。

相手は慈雨ではなく生餌(いきえ)二号で、「慈雨様がメロンの方がいいっていってたんですか?」と訊(き)いている。倖の答えは、「んーん、わかりゅの。コーね、レモンよ」というものだった。

リビングの扉を開けると、二号から四号までがチャイルドスペースにいて、今日の服を倖に選ばせている。

慈雨は全裸で巨大水槽の中にいて、ラッコのように浮いていた。

可畏を見るなりクルッと回転して潜り、硝子の向こうから手を振ってくる。

「パーパ、おぱよーなのよ！」

「パーパ、おはよーざいます」

「おはよう」

可畏は笑顔を作って慈雨に手を振りつつ、チャイルドスペースに入って倖を抱き上げた。

こうしないと生きていけない気がするほどに、倖の笑顔や肌の温もり、程よい重みを全身で求めてしまう。

「今日の服はレモン色なんだな。柄もレモンだ」

「んっ、コーね、レモンらね。ジーくんね、メロンらよ」

「オレンジも桃もあるけど、メロンなんだな？」

「ん、きょーね、メロンきりゅのよ」

「慈雨が何を選ぶのか、お前にはわかるんだな？」

「ん、わかりゅの。らってコーね、ジーくんらいしゅきらもん」

慈雨のことを語るだけで嬉しそうな倖を見ていると、またミハイロの顔が浮かんできた。

程々に控えめで明るく優しい潤の性格を受け継いだ倖を、可畏自身が精神安定剤として必要不可欠だと感じているだけに、倖に会いにきたミハイロの気持ちがわかる気がしてならない。

軽やかで温かい倖の体を抱いていると、両手も胸も満たされて、荒れた心が均された。

倖の吐息を感じる肌も、倖の声を聞き取る耳も、心地好い安心感で満たされる。

「倖、弟に会いたいか？」

可畏の問いに、生餌三人が露骨に驚いた顔をした。

空気が張り詰める中で倖だけは変わらず、にっこりと微笑む。

「ミロくん？　あいちゃい！」

倖はさらに、「ミロくんらいしゅき！」と、本人が聞いたら喜びそうなことを最高の笑顔で語る。

あの子に、倖の笑顔を見せてあげたいと思った。この言葉を聞かせてあげたいとも思う。

けれども、ツァーリの条件を呑むことはできない。

「どうすりゃいいのか、わからねえな」

呟くと、倖が不思議そうな顔をする。

いくつもの過ちが招いた現状を、憎んでも悔やんでもどうしようもないのはわかっていた。

今度こそは間違えないようにと思っても、選んだ道が正しいとは限らない。

竜人の目を以てしても、一寸先は闇でしかなかった。

《二》

可畏が朝から本社に行ってしまったため、潤は子供達を連れて散歩に行き、アスレチックで遊ばせ、二限目から講義を受けた。

午後に戻った時には慈雨も倖も昼寝をしていたので、モデル事務所と契約している英会話の講師にオンラインレッスンを依頼し、時折しどろもどろになりながらも一時間半のレッスンを熟すことができた。

日没後は子供達を入浴させたり、離乳食を作って食べさせたり一緒にアニメを観て過ごし、二人のリクエストに従って童話を読み聞かせた。

途中で寝てしまうことが多いものの、慈雨は海や魚が出てくる話を好み、倖は可愛い動物が出てくる話を好んでいて、物語によって食いつきが違う。

生餌に頼らず寝かしつけた潤は、物語の続きが気になってしばらく黙読していた。

そうこうしているうちに可畏が帰ってきたのがわかったが、そのまま子供達のベッドで待つ。

もちろん、今朝の可畏の言動に怒っているわけではない。

意地を張っているわけでもなければ不満があるわけでもなく、可畏が自ら得た独りの時間は、可畏自身が終わらせるべきだと思っていた。

——俺にも可畏にも考える時間があって、そのうえでどういう結論を出すのか、朝までには二人の意見を一致させなきゃいけないわけで、たぶん、可畏は答えを出してる。

可畏がヴェロキラプトル竜人を従えて学院に戻り、生餌達が出迎え、入浴の準備などをしているのを想像しながら、潤は「マーマ」と呼ぶ慈雨に目を向ける。

起きてしまったのかと思ったが、ただの寝言だった。

慈雨は手を開いたり閉じたりしながら、唇を尖らせている。

どうやらオッパイを求めているらしく、「ンーッ、ンーッ」と、空を揉んだり吸ったりする仕草を繰り返した。

——オッパイか……よかった。いや、よくはないけど、泳ぎたがってるわけじゃないから、まあいいか。

慈雨は少々手のかかる子で、就寝中でも泳ぐ仕草をすることがある。

そんな時は放っておかずに起こして水槽に入れ、海水に浸けるようにしていた。

体が水を求めているにもかかわらず黙って寝かせておくと、起きたあとに体温の異常低下が見られたり、ぼんやりしたり、ぐずったり、長時間の潜水が必要になったりと、いわゆる体調不良を起こすからだ。

海水に浸けたあとは本人が満足して上がってくるまで待たねばならず、タオルで包んでバスルームに運び、全身を洗って乾かして……と、延べ三時間ほどかかることもある。

――うん、大丈夫だ。泳ぎたがってるわけじゃない。

ほっと一安心した潤は、ベッドの端に腰かけながら倖の体にガーゼケットをかける。

倖は体質的にも性格的にも育てやすい子供だが、一切手がかからないというわけではなく、慈雨が泳いでいる間に「マーマ、だっこー」と甘えてくることがよくあった。

骨密度が高い慈雨の約半分の体重とはいえ、人間の一歳児と変わらない重さの倖を抱っこし続けるのは、男子大学生の身でもなかなかハードだ。

膂力(りょりょく)の優れた可畏や他の竜人達から軽々抱き上げられ、「お前は羽のように軽いな」「倖様は本当に軽やかですねぇ」などと、慈雨と比べて「軽い軽い」といわれ慣れている倖は、自分を抱っこするのは容易なことだと思い込んでいるようだった。

――倖も俺にとっては重いんだよな。短時間なら余裕なんだけど、ずっと抱っこしてるのは正直きついです……って、いえばすぐ理解してくれるだろうけど、それで遠慮されちゃうのは嫌なんだよなぁ、淋(さみ)しくなるのわかり切ってるから絶対いえない。限界が来るまではずっと、「マーマ、だっこー」って甘えられたい。倖は慈雨ほどあれこれ求めてこないし、抱っこまで制限したくないっていうか。

一日たっぷり遊んで、今はすやすやと眠る子供達に、潤は恒例の頰吸いをする。

倖の桜餅色の頰と、慈雨のキャラメルプリンのような頰にキスをして、そのまま少し吸って柔らかさを堪能した。

——こういう……スキンシップとか、しないまま、何もできないまま、ミロくんをあんなに大きくしちゃったんだよな。新しい卵を望んでなかった俺が、オジサンの嘘に飛びついたからこんなことになったんだ。あの嘘が俺の希望通りのものだったからこそ、鵜呑みにした。

ガーディアン・アイランドであれほど強い胃痛に見舞われながら、「もしかして」と考えることもなく迂闊に卵を吐いた自分を、どんなに責めても責め足りない。

けれどもそれで状況が好転するわけではなく、今はミハイロの生命力に感謝して、この先の問題に向き合うのが先決だ。

一日でも早く、そして長く、ミハイロと一緒に過ごしたいと思う。

親子として当たり前に触れ合い、あの子が存分に甘えられるくらい可愛がりたい。

——でも、だからといって可畏を傷つけていいわけじゃないんだ。可畏にとっては忌々しいツァーリの血が混じった子供だってことを、俺は決して忘れちゃいけない。可畏がミロくんに向けている愛情が、何かのきっかけで壊れてしまわないように……それぞれを尊重し、上手く取り持たないと。

両者の間でバランスを取る役目を担う潤は、寝室を呑み込むティラノサウルス・レックスの影を前に覚悟を決める。

ミハイロのことを愛しくも哀れにも思うが、どう考えてもミハイロはエリダラーダで大切に扱われている。

父親の一人であるツァーリと、その部下達から愛されているはずだ。

同情を誘い罪悪感を刺激するリュシアンの言葉に惑わされず、今の状況で最もつらい立場に立っているのは誰なのかを、冷静に見極めるべきだと思った。

「おかえり」

入浴を終えた可畏が寝室に入ってきたので、潤はいつも通り言葉をかける。

やや長い間があったが、「ただいま」と低い声が返ってきた。

それ以上は何もいわない可畏が寝間着に着替えている間に、潤は子供達のベッドから離れ、二人で使っている天蓋付きのベッドに移る。

隣のベッドの様子を常にチェックできるよう、ヘッドボードと天蓋裏の二ヵ所にモニターを仕込んだ新しいベッドだ。スイッチを入れるとカメラが捉えた映像が映しだされ、慈雨と倖が向かい合ってすやすやと寝ている姿をモノクロで明瞭に見られる。

子供達が大きく動いた時は……たとえば慈雨が泳ぐ仕草などをした場合はフルカラー映像に切り替わり、気づきやすいよう赤いランプが点滅する仕組みになっていた。

可畏が作らせたこのベッドが搬入された際は、子供達の寝姿を前にセックスをするのはどうなんだろうと眉を顰(ひそ)めた潤だったが、今は完全無欠のシステムだと思っている。

なんでも合理化すればいいというものではないが、このベッドのおかげで、子育て中も甘い時間に没頭できるようになったのは事実だ。

——先に何か、話しかけては……くれないかな？

可畏は相変わらず何もいわず、ベッドに膝を乗せる。

天蓋のドレープをカーテンのように引き寄せ、空間を閉じた。

隣に横たわって黙って息をつくばかりだったので、潤もしばらく沈黙する。

二人で仰向けになり、天蓋裏のモニターを一緒に見た。

その気になれば映画鑑賞もできるが、このモニターに映されるのはいつだって子供達だ。

モノクロームの世界で、慈雨と倖はハート型になり、寝ている時まで睦まじい。

「可畏、くっついてもいい？」

子供達のように触れ合いたくて、潤は衝動に従った。

いいといわれる前に体をずらして近づくと、背中を向けられる。

撥ねつけられたわけではなく、可畏は後ろ手でガーゼケットを浮かせていた。

寄り添うための、小さなかまくらのような空間が出来る。

「……あったかい」

いつもながら体温が高いなと感じつつ、潤はぴとりとくっついた。

相手のことが好きでたまらないと思った時にしている、自己流の愛情表現だ。

いつ見ても惚れ惚れする僧帽筋と肩の間に額を当てて、なるべく隙間なく身を寄せる。縋りつくわけでもなく、押すわけでもない。

ただそっと寄り添うだけで、可畏の温もりが緩やかに移ってきた。

今は、可畏のことが好きでたまらないというよりも、一緒にいることを実感したい気持ちが強い。

可畏がどんな選択をしようと、今こうして一緒にいて、隣のベッドでは慈雨と倖がすやすや眠っている。子供が一人足りないという状況は不幸だが、ミハイロ自身は今、酷い環境にあるわけではない。まだやり直しがきく段階だ。

今朝はごめんとか、俺は強引で勝手だったよな……とか、喉まで込み上げてくる言葉を飲み干し、潤はひたすら待った。

「可畏……」

すでに出ている結論を、揺るがすべきではないからだ。

それがどちらに傾いていようとも、可畏が独りになって冷静に出した結論を支持したい。

親の愛に恵まれない幼少期を過ごした一人の青年として……今や三人の子を持つ父親として、可畏が出す答えは聞かなくてもわかる気がしたが、違っていたとしても覆そうとは思わない。

現状、誰よりもつらい目に遭っているのは可畏なのだから、彼が決めたルートに従って進み、新たな問題に直面した時は話し合って、最後は必ず皆で幸せになりたい。

「潤」

名前を呼ばれ、背中を向けたまま手を握られる。

右手を包み込まれたあと、掌を指先で撫でられた。

厚みを確かめるかのように挟まれ、そのまま指を摘まれる。

肌の摩擦は少なく、お互いの指が滑らかに行き交った。

絡んで絡まれ、組んでは握り、ぐっと強く結びつく。

「――一週間だけ、お前を忘れる」

その言葉は、覚悟を以て心して語られた。

天蓋ベッドの中が、呼吸音さえ聞こえないほど静まり返る。

組み合わせた指と指の関節が、ぽきりと鳴った。

「諸般の事情を考慮できる大人は、しばらく我慢すればそれで済む。子供は……ただ傷つく」

ただ傷つく――と、かつて酷く痛めつけられ、命さえ踏み躙られた子供だった可畏は、声を震わせていった。

この世に誕生してすぐに「要らない」と拒まれ、二重の木箱に詰められ、釘を打たれて生き埋めにされた可畏の選択に、潤は涙をこらえて頷く。

肉親の愛に恵まれず、実の父親に騙されたばかりの可畏は、赤の他人のツァーリを信じると決めたのだ。

潤に手を出さず、洗脳もせず、一週間後には返すという約束を信じなければ、預けることも忘れることもできない。

ツァーリの愛とプライドは、如何なる約定よりも確かなものだと、可畏は信じたのだ。

「可畏……俺は、忘れないよ」

もう二度と、可畏を忘れない。たとえ一週間でも忘れない。

可畏も忘れることはなく、考えないよう精いっぱい努めるのだろう。

意識すればするほど思いだしてしまい、耳にこびりついて離れないイヤーワームのように、可畏を苦しめるかもしれない。

「――可畏」

手を握り返しながら名前を呼ぶと、可畏は体ごと向きを変えた。

軽やかなガーゼケットの下で身を寄せ合い、体温を交わしながら肌の匂いを嗅ぐ。

心まで沁み込ませるように、潤は可畏の首や鎖骨に鼻先を寄せた。

可畏はより動物的に、髪や耳の匂いを嗅いでくる。

「……んぅ、ぁ」

こんな時、普段の潤は少し嫌な素振りをしてみせて、「そんなとこ嗅ぐなよ」「露骨に嗅ぐのやめろって」などと少しばかり抗議するのがお決まりだが、今夜は自分も匂いを嗅いだ。

忘れるといいながら忘れないようにする可畏が、愛しくて悲しくてたまらない。

「あ……ぅ、は……」

可畏の顔が胸へと下がり、すでに反応している乳首を吸われた。

潤は可畏の頭を抱きながら、彼がそうしたのと同じように頭の匂いを嗅ぐ。

潤には洗髪クリームの香りしか捉えられなかったが、それもまた可畏の香りの一つだ。

メントールを含んだシダー系の香りが、今はその爽やかさを裏切るほど官能的に感じられる。

「潤……」

熱っぽい息に胸を撫でられ、指では腹筋をなぞられた。

バスケをやっていた頃と同じくらいくっきりと割れた筋肉は、それでも可畏の体と比べたら鍛え足りないもので、触れられると身も心もくすぐったくなる。

可畏の背筋を撫で返した潤は、男として少しばかり羨ましい気持ちと、恋人として誇らしい気持ちの両方を刺激された。

「相変わらず、凄い筋肉……盛り上がってて、分厚くて」

可畏の耳殻に唇を寄せ、伸ばした舌で耳朶（みみたぶ）を揺らす。

吐息と共に「熱くて……硬い」と囁（ささや）くと、背中が反応した。

「ん、ぁ……ッ」

胸では物足りないとばかりに一気に下がっていく可畏の下で、潤は脚を広げられる。

反射的にモニターに向かう目で、モノクロームの静かな画面を確認した。

すやすや眠る子供達の姿に、内心「お願い、そのまま寝てて」と祈る。

「――っ、ぅ」

子供達を意識すると、嬌声のボリュームが自然と絞られた。

可畏の唇が性器に届いて大きく開くのと正反対に、潤は唇を引き結ぶ。

「く、ぅ……ふ」

「――ン」

聳え立つ物を喉の奥まで迎えられ、右手で腹に触れられた。

先程とは逆方向に撫でられながら、唾液に濡れた乳首を弄られる。

「あ、ぁ……ッ」

快感に仰け反る体の上を、もう片方の手が這い始めた。

今度は脇腹をなぞり、骨を数える手つきで胸に到達する。

左右の乳首を指の腹で押され、くにくにと揺さぶられては摘まれた。

「……ぅ、く、ぁ」

左胸には今も唾液が残っていて、可畏の指先は滑らかに蠢く。

潤いの足りない右側は摩擦が強く、左よりも顕著に痼った。

弾かれるたびにつんと尖り、摘まれると、脳天や性器に甘い電流がピリリと走る。

「は、ぁ……ぅ！」

「――ッ、ン」

開いた脚の間で、可畏の頭が上下に動いた。

はち切れんばかりに膨らんだ性器を唇できつめに挟まれ、根元から先端の括れまで、何度も何度も吸い上げられる。

――体中の血が……全部そこに行きたがってるみたいに、集まって、硬くなって、心臓よりドクドク、脈打ってる……！

雄として使う機会がなくなった男性器が、今や可畏に吸われるために存在するかのように、全力で役目を果たしたがっていた。

「あ、ぁ……可畏……っ」

熱い粘膜に包まれる悦びに支配され、眩暈すら起きる。

二つの乳首はどちらも親指で転がされ、残る八本の指は、それぞれが肋骨の間に嵌まり込むように潤の体を摑んでいた。

「く……あ、俺……も……」

潤はモニターに目をやってから、可畏の腕に手を添える。

相手の生と欲望を強く感じられる性器を舌で味わい、逆上せるほど好きな体に触れたいのは自分も同じだった。

「俺にも、させて」

目を合わせて強請ると、可畏は体を横に流して向きを変える。

お互いに半身をベッドマットに埋め、指を目いっぱい開いて相手の肌に触れた。

普段よりも少し力を籠めた指先で、あちこち触れ合う。

程よい水分を湛えた皮膚を押さえ、その下に息づく筋肉や血液、体を支える骨格を感じた。

たかが一週間——これがもしも、親孝行のために実家に帰省するというなら、指の力加減は軽やかなものになっていただろう。

笑いながら撫で摩り、くだらない冗談や猥言を囁き合って、くすぐったい愛撫を繰り返していたかもしれない。

ツァーリのところに行くからといって今生の別れになどならないと信じているのに、可畏も自分も今は必死だ。

脳と肌に刻み込むように、触れて、触れて、さらに触れ合わなければ気が済まない。

「……ん、く……ぐ、ぅ」

潤は狂暴な形の性器を口に含み、可畏の太腿と臀部をぐわりと摑む。

体脂肪率が少ない研ぎ澄まされた体は、躍動感に満ちていた。

張りのある瑞々しい肌が汗ばむのを感じながら、塩気を帯びた先走りを味わう。

透明でわずかにとろみがついた蜜の味も、黒々とした繁みの男らしさも、若い雄獣の匂いも無闇矢鱈に愛しくて、はしたなくスンスンと鼻を鳴らして嗅ぎ込みたくなる。

「う、む、っ……ぅ」

吸っては吸われ、尻の肉を鷲掴み（わしづかみ）にしては同じことをされて、夢中で相手の体を貪った。

「――ン、ゥ」

淡泊な鶏肉の欠片（かけら）すら受けつけない身で、潤は肉食獣の本能を知る。

可畏の真っ赤な筋肉を想うと欲求が抑え切れなくなり、余さず独占したいと求める強さは、飢えた獣の食欲に匹敵するものだった。

「ん、ぅ……ん、く」

ツァーリを「ガイ」と呼び、可畏と混同させられていた頃、この味と熱を求めていた。

偽りの幸福や満足感の裏側で、何かが違うと叫び続けた体が、今は確かに満たされている。

「ぐ、ぅ……う、ぅ――ッ」

逆方向から巨根をくわえる苦しさを撥ね退け（はねのけ）て、潤は独り絶頂を迎えた。

浮遊感すら覚える瞬間も、可畏の下肢をぐっと摑んで離さない。

「――ッ、ゥ」

可畏が喉を鳴らし、すべて飲み下したのが伝わってきた。

腰から下が痺れる（しびれる）快感に溺れながら、潤は可畏の両手で抱き起こされる。

慈雨や倖を抱き上げる時と大して変わらない要領で持ち上げられ、ずっとしゃぶっていたい雄と瞬く間に引き裂かれてしまった。

「……っ、ぁ……可畏？」

気づいた時には可畏の顔が目の前にあり、天蓋裏のモニターが逆さに見える。

爪先には枕が当たっていた。

恍惚の余韻が残っていて実感がなかったが、どうやら宙でぐるりと回されたらしい。

画面はモノクロームのままで、子供達が大人しく眠ってくれているのは間違いなかった。

「――この味だけは、忘れられそうにねえ」

精液を飲んだあとの可畏の言葉に、潤は思わず苦笑する。

忘れられないのはそれだけではないことを、わかっているからこその台詞に思えた。

おそらく何も問題は起きない。きっと大丈夫だ、今はミハイロの気持ちを最優先に考えて、
大人であり父親でもある俺は耐えよう――そんなふうに思っていそうな可畏の瞳は、不安げで、
つらそうで、見ているだけで胸が締めつけられる。

「可畏……キス、まだしてないよ」

唇も忘れないでほしくて、潤は可畏のうなじに手を伸ばす。

引き寄せるまでもなく、肉厚な唇が迫ってきた。

「……ん、ぅ」

柔らかな膨らみを触れ合わせて、お互いに吸いながら相手の形を崩す。

押し潰すと抵抗してくる唇の弾力や、舌の艶めかしい動きを、一つ一つ丁寧に記憶した。

「ふ、は……ぅ、っ」

「──ッ、ン」

二人分の唾液が、潤の精液の味と混ざり合う。

淫らな味と匂いに触発されて、一度達した体が新たな欲望に目を覚ました。

潤の口の中には性感帯があり、それは可畏と繋がっている時だけ出現する。

「……ん、ふ……ぅ」

細めた舌の先をぬるぬると押しては絡め、首を斜めに向けて口を繋いだ。

どうやって息をしているのかわからなくなるくらい苦しいのに、可畏の舌を味わっていると気持ちがいい。

相手の領域を侵しては侵され、引き込んでは引き込まれ、口角から溢れる唾液もそのままに、唇と体を重ね合わせる。

──可畏……必ず帰ってくるから、心配しないで……。

今夜は甚く寡黙な主に変わり、お前が好きだと叫ぶような体に、潤は両手で縋りつく。

強過ぎるくらい力を籠めて、無言の愛を叫び返した。

《二》

　早朝にフヴォーストの竜人達がやって来て、約定書と引き換えに潤を連れていった。

　事前にいわれていた通り、付き添いはサバーカでトップモデルのリュシアン・カーニュと、同じくサバーカで、リュシアンのマネージャーを務めているニコライ・コトフの二人だったが、他にも小中型の肉食恐竜の竜人が六人いた。

　校門まで送らずに寮の部屋で別れた可畏は、忌々しいと思いながらも、潤に絶対不可侵の証である腕時計を嵌めさせた。

　ツァーリの客人を危険な目に遭わせる輩などいるはずもないが、日本から出る以上、念には念を入れなければと思っている。

　潤を守るのは俺の役目で、他の男が出る幕はない——と、理想を掲げようにも、あの時計を受け取った時から潤はツァーリの庇護下にあるのだ。意地を張っても仕方なかった。

「可畏様、潤様とリュシアン一行を乗せた車が、敷地外に出たそうです」

　ヴェロキラプトル竜人からの報告を、可畏はリビングのソファーで聞く。

慎重を期して竜寄グループ傘下の警備会社に追走を命じたが、それも空港までの話だった。

このまま特に何事もなく、潤はロシアに向かうだろう。

ツァーリが支配するバイカル湖の巨大氷窟で、王妃のように丁重に扱われるに違いない。

潤と可畏にとっては第三子だが、ツァーリにとってはたった一人の子であり唯一の血縁者であるミハイロも、皇子として大切に育てられているはずだ。

これから一週間、三人は家族のように睦まじく暮らすことになる。

すぐに解散するとしても、一つのファミリーが出来てしまうことに変わりはない。

潤は母親という立場でミハイロに接し、子供の手前ツァーリにあまり厳しい態度は取れずに、時には笑顔など見せるのだろう。

ミハイロは潤をママと呼び、ツァーリをパパと呼ぶのだろうか。

――なんだってこんなことになってるんだ？　潤が生きててミハイロは俺の子でもあって、この状況が最悪ってわけじゃねえのはわかる。真の最悪と比べりゃ遥かにマシだが、だからといって許せるわけじゃねえ。なんだって俺は……。

どこで何を間違えて今に至るのか、歩んできた道を逆に辿ると、三ヵ月前の卒業式の日に、組織から送られてきた手紙が頭に浮かぶ。

出頭を要請するあの手紙を燃やさずに、大人しく従っていれば……と考えたのは、何も今が初めてではない。潤の生死も行方もわからなかった時は、今以上に強く悔やんだものだ。

今の可畏は、心の底から本気で悔やむことはできなかった。

もしもの世界を想像すると、その先にミハイロは存在しないからだ。

――もっとあとだ……やり直せるなら、ガーディアン・アイランドに着いた日に戻りたい。

クリスチャンを信じたりせずに、俺が検査に立ち会っていれば……。

いくら願ったところでゲームのようにやり直せるわけはないのに、奥歯を食い縛り、悔恨の海を漂わずにはいられなかった。

自分も悪い、クリスチャンも悪い。当然ツァーリが最も悪いが……しかしツァーリの悪行の上にミハイロの命は成り立ち、怒りの矛先が定まらない。

内包し切れなくなった憤怒と憎悪が、溶岩の如く噴き上がりそうだった。

それらは辺り構わず飛び散って、我が子以外のすべてを傷つけ、消し炭と化すだろう。

――心臓が、やたらとうるせえ……っ、血が……沸騰しそうだ！

怒りは異常な食欲と狩猟本能を目覚めさせ、自身の中に眠る恐竜に意識を支配される。

視界の中にいる草食竜人を、片っ端から甚振って食い殺したかった。

潤をツァーリに預けた主の心中を慮り、なるべく声を発しないよう静かに子供達の世話をする生餌達を、滅茶苦茶に殴って首を絞め上げ、八つ裂きにして血肉を貪りたい。

どうしようもない自己嫌悪を払拭し、酔うほどの肯定感を得るために、ティラノサウルス・レックスに変容せずにはいられなかった。

生餌達にも変容させ、追い回して踏み潰したい。

骨までバキバキと噛み砕いて、吐き気がするまで腹を満たしたい。

どうせ代わりはいくらでもいるのだ。アジアの竜王の生餌になりたい草食竜人は、国内外に大勢、数え切れないほどいる。

「パーパ」

ソファーで独り身震いしていた可畏は、突如聞こえてきた声に一層震える。

餌ばかり捉えていた目に、慈雨と倖の姿が飛び込んできた。

二人はチャイルドスペースの中から、自分を見ている。

一瞬にして、直前までの思考と欲望が消え去った。

まるで秒単位の白昼夢から覚めたかのように、現実に引き戻される。

「慈雨、倖……」

柵の外に出たがる子供達を、生餌二号が解放した。

開かれた柵の扉から、慈雨と倖が勢いよく走ってくる。

トタトタと足音が重なり、二人は瞬く間に可畏の目の前までやってきた。

潤によく似た顔をしていながらも、可畏の肌の色を受け継いだ慈雨を見ていると、一度だけ会ったミハイロの顔が生々しく浮かんでくる。

「パーパ、マーマろこ？　おちごと？」

「マーマ、モデウさんしゅるの？」

罪の意識を刺激してくる慈雨の姿と、ただただ癒やされるばかりの倖の姿を見つめながら、可畏は静かに呼吸した。

「……潤は、しばらく留守にする。一週間だけだ」

だけ——というには恐ろしく長く感じて、嘘はいっていないのに大嘘をついた気分になる。

「いっちゅーかん⁉」

慈雨と倖は声を揃（そろ）え、目を丸くした。

一週間がどれくらいか理解しているのかと思いかけたが、わかってはいないのだろう。

海外旅行と考えれば一週間はそう長くはないが、父親が放つ鬱々とした空気を読んで、よくないことだと……つまり長期間だと誤解したのかもしれない。

利発な慈雨が身を乗りだし、「いっちゅーかんは、なんかいねんね？」と訊いてきた。

二人してそれぞれに可畏の膝を摑み、慈雨は「なんかい？　なんかいっ⁉」と答えを求め、倖は珍しく怒った顔をして、「マーマいないいない、らめよっ」と抗議する。

「何回、だろうな……それは、昼寝も含んで数えるべきか？」

「ジーウね、おひるねしゅるよー」

「コーも、マーマとおひるねしゅるの」

「いいな……それは是非、俺も加わりたい」

潤はあえて慈雨と倖に別れをいわなかったので、状況を把握し切れていない二人は、単純に淋しがったり怒ったり、普段の幸せな日々を思い返して笑ってみたりと、感情が一つに定まらない。

一方で可畏にも揺らぎが起きていた。

まだ放出していない烈火の如き怒りは、可畏自身が驚く早さで鎮静化している。

血気盛んな時期を知っているだけに俄には信じられず、少しでも手指を動かしたら、意思に反して子供達を傷つけてしまうのではないかと、慎重にならざるを得なかった。

かつての自分はそれくらい狂暴で、本当に手がつけられなかったことをよくわかっている。

特に忘れられないのは……生涯忘れてはならないのは、潤に対する暴力だ。

衝動を抑え切れなかった頃の記憶が、脳にも手にも刻まれている。

「パーパ、おこなの？」

「パーパ、ろっかいちゃいの？」

可畏の感情の乱れに気づいた慈雨と、心の痛みに気づいた倖が、「怒ってるの？」「どこか痛いの？」と順番に声をかけてくれて、何もいえなくなった。

無理に答えれば声が震えてしまうだろう。涙声と呼ばれる情けないものになり、慈雨と倖を悪い意味で驚かせ、心配をかけるに違いなかった。

「パーパ、マーマいないいないない、らめよ」

倖はもう怒っていなかったが、先程と同じ言葉を、今度はとても不安げに口にする。

慈雨も同じく、可畏の膝を揺さぶりながら「いないいない、らーめ！」と訴えてきた。

一週間がどれくらいかわからなくても、今ここに潤がいないことを強く否定して、「いないいない、らめよ！　らめなの！」「マーマろこ⁉」と抗議する二人を見ていると、雲間から一筋の光が射すようにシンプルな選択肢が見えてくる。

それは元々目の前にあったのに、まともに向き合えなかっただけだった。

それを選んだら次はどうなるのか、悪い展開を考えると避けずにはいられなかったけれど、「駄目なものは駄目なのだ」と、ばっさり斬り返す力を与えられた気がした。

――一寸先は闇。結局、昨夜の決断だって正しいかどうかわからない。あとになって、何故(なぜ)あの時、潤を他人に預けるような真似(まね)をしたんだと、俺は激しく悔やむかもしれない。たとえどんなことがあっても……親として子供を優先すべき状況であっても、潤を手の届かない所に行かせるべきじゃない。それは絶対に駄目だ。如何なる条件下でもＮＯはＮＯであって、それ以外にはなり得ない。俺がしたことは、現時点でも明確にわかる誤り。このまま正さなければ、俺は必ず後悔する。

震えが止まらない手で拳を作り、可畏は自身の力を制御する。

子供達に優しく触れられる確信を持ってから、小さな頭に指先を向けた。

慈雨のブロンドと、倖の黒髪を左右の手でそれぞれ撫でて、無心に頷く。

子供達と目を見合わせ、その純粋な心を真っ向から受け止めた。

「駄目だよな、潤と離れたら、駄目だ」

この世には取り返しのつかない間違いと、取り返しのつく間違いがある。

幸いにして、今ならまだ間に合う。

「慈雨、倖、一緒に潤を追いかけよう」

「ん、ジーウ、マーマおゆかけゆよ！」

「コーも、いっちょにおゆかけゆの！」

「ああ、駄目なものは、駄目だからな」

可畏が笑うと、子供達は大きく頷く。

二人して笑い、「らめらものは、らめー」と声を揃えた。

《四》

羽田(はねだ)空港からモスクワに向かうため、潤はリュシアン・カーニュやニコライ・コトフと共に、新国際線旅客ターミナルに足を踏み入れる。

比較的出国者が多い時期に、ボディーガードを含む九人で行動すれば当然目立ったが、潤は背の高い男達の真ん中でなるべく小さくなっていた。そうすれば視線のすべてはリュシアンに集中し、殻に閉じ籠もっていられると思ったからだ。

――大丈夫、誰も俺に注目してない。サングラスかけたってオーバーサイズの服着たって、超絶スタイルいいのわかっちゃうし、ツァーリが入ってなくてもモデルオーラあるんだよな。いっそマスクでもすればいいのに。

世界的人気モデルのリュシアンは、キャップとサングラスで顔を隠し、体のラインがわかりにくいオーバーサイズのロングシャツを着て一般人の振りをしている。

しかしマネージャーのニコライを含めた屈強な男を七人も従えているうえに自身も目立ち、只者(ただもの)ではないのは明らかだ。すでに何人かの旅客からカメラを向けられている。

——あんな騒動があったのに、よくもまあ堂々と……。

自分まで撮られないよう、潤は肉食竜人の陰に隠れる。スーツケースはいわれるまま彼らに預けていたため、なんとなく落ち着かない手ぶら状態で先を急いだ。

——飛行機に乗ったら終わりっていうか、保安検査を通ったらもう終わりって感じがする。今ならまだギリギリ「やっぱりやめます」が通用するかもしれないけど……やめてどうするんだって話だし、ミロくんには会いたい。これ以上待たせたくない。

可畏が決めたことに従う覚悟を決めていたにもかかわらず、さらにいえばこの選択は自身の意思に沿ったものであったにもかかわらず、潤は可畏の言葉に後ろ髪を引かれていた。

リュシアン達に合わせて手足は速やかに動き、傍（はた）から見れば迷いなくきびきび歩いていると思われそうだったが、心の歩みは酷く遅い。

蝸牛（かたつむり）のようにべったりと、日本の地にへばりついて離れたくない心境だった。

『諸般の事情を考慮できる大人は、しばらく我慢すればそれで済む。子供は……ただ傷つく』

昨夜、可畏は確かにそういっていた。

正論であり、父親として成長した可畏を立派だと思った。

けれども本当に、可畏に我慢をさせるだけでよかったのだろうか。

分別のつかない子供を傷つけるよりはましというだけで、大人なら傷ついてもいいわけではない。可畏は可畏で、恋人を他の男に預けた事実に、今この瞬間も心傷（やぶ）れているはずだ。

敵に子供を誘拐されているならともかく、相手はミハイロにとってのもう一人の父親であり、一触即発の危うい状況ではない。「来なければ子供を殺す」と脅されたわけではないのだから、交渉する余地もあったのではないだろうか。ツァーリを信用すると決めたなら、いっそのこと毒を食らわば皿までとばかりに信じ切って、もっと大きく出てしまいたい。

――自分からはいいにくいけど、結局ツァーリ自身も俺に会いたいんだろうし、断固として行かないって断れば、他の手を考えるよな。ごねれば折衷案を受け入れてくれるかもしれない。それに、俺が「無理です」って断ったからって、ミロくんにそのまま伝えたりはしないよな？　大事な息子を落胆させるような無神経な真似を、ツァーリがするとは思えない。

搭乗手続きが始まる中で、潤は自らに選択を迫る。

ここで動けば何か変わるのか、すでに遅いのか、希望が叶えられた場合に可畏やミハイロが傷つくことにはならないか――自身の言動に対する周囲の反応をシミュレーションしてから、動きだす方向で頭を捻る。

「あの、ちょっと待ってください」

ひとまず搭乗手続きを回避しようとした潤は、前にいた竜人達に声をかけた。

振り返った彼らは潤の顔を見たが、次の瞬間には視線をずらす。

サバーカのリュシアン・カーニュとニコライ・コトフ、そしてボディーガードを務める肉食竜人達が、一様に目を剝いた。

その視線が高い天井に向かっているのに気づき、潤は彼らの視線の先を追う。

そうしながら、一つの期待に胸を膨らませた。落胆しないよう抑える余裕はなく、頭に思い描いたのは、天井を突き抜けるほど大きなティラノサウルス・レックスの影だ。

「可畏！」

理想と現実が、パズルのピースのように嵌まる。

グレーの巨大な影を背負った可畏が、慈雨と倖を両手に抱き、部下を従えて迫ってきた。

恐竜の影を抜いて考えても、その存在感は並外れている。

第三ターミナルにいる多くの人々の視線を集め、響動めきを生んでいた。

「マーマ！　ジーウきたお！」

「マーマ！　コーもきたの！」

「慈雨、倖も……」

駐車場側から現れた可畏は、走ってこそいなかったが勢いはあり、長い脚を駆使した歩幅でフロアを突っ切る。ヴェロキラプトル竜人や生餌数名を置き去りにする速さで、瞬く間に潤を囲む竜人達の前に立ちはだかった。

「暴君竜……っ、竜寄可畏」

ニコライの呟きは、舌打ちの幻聴が聞こえるくらい、露骨に忌々しげなものだった。

同じくリュシアンも、「ただでさえ目立ってるのに最悪だな」と吐き捨てる。

「おい、ツァーリに伝えろ。モスクワ行きは中止だ。俺抜きで、潤だけ行かせるわけにはいかない。どこであろうと誰のためであろうと、独りでは行かせない」

はしゃぐ双子(ふたご)を抱え、追いついた部下達を従えて、可畏は強い口調でいい放つ。

二人で決めたことを、ほぼ同時に二人で覆したことに、潤は大きく頷いた。

可畏はツァーリの代理人であるリュシアンを睨んでいたが、視線は繋がらなくても気持ちは繋がっている。同じ答えに辿り着いたことで、心が共鳴し合っていた。

「可畏……っ」

潤は可畏の懐に飛び込み、慈雨と倖の間に割り込む。

両手が塞がれている可畏の代わりに、子供達が抱き寄せてくれた。

竜人の子だからなのか、人間の子供でもそうなのかわからなかったが、小さな手は驚くほど力強く、「マーマら!」「マーマらねー」と喜ぶ声は底抜けに明るい。

「リュシアンさん、こんな土壇場ですみません。俺としても、今回のこと、もう少しちゃんと考えたいと思って、それでさっき声をかけたんです。やっぱり色々なことが急過ぎるし、一旦可畏と一緒に戻ります」

潤は事実をきっぱりと口にして、あとあと可畏だけが悔やんだり責任を感じたりしないよう、二人の決断だと強調した。

ミハイロに会うべく竜人組織とコンタクトを取ったのはこちらだが、待ち構えていたようにあれこれと無茶をいわれ、「明日のこの時間、お迎えに上がります」と、リュシアンから急な結論を迫られたことで、すっかり流されてしまった。

冷静に状況を考えれば、譲れないものは譲れないと、毅然と断るべきだったのだ。

「リュシアン・カーニュ、お前の主人に『家族四人でミハイロに会いたい』と、そう伝えろ。二日後に時計の箱を再び開く」

その条件が呑めないなら、話を進める気はないといわんばかりの顔つきと、凄みのある声、相手を射殺す苛烈な視線に、リュシアンらは明らかに慄いていた。

世界最大の恐竜マークシムス・ウェネーヌム・サウルスの姿を見慣れている彼らは、暴君竜如きに怯んでたまるかと気負っているようだが、大きさと威圧感は別の話だ。

地上最強の肉食恐竜に睨み据えられることにまで、慣れているわけではない。

「――お気持ちは、わかりましたが……二日もいただかなくて結構です。今日明日には潤様に会えることをミハイロ様が楽しみにしておられるので、延期するわけにはいきません」

リュシアンは不本意な様子で可畏から目を逸らし、「モスクワ行きはキャンセルで、連絡を頼む」とニコライに向かっていった。

ニコライもそれを受け入れ、「私もすぐに行く」とだけ返す。

「さて、あまり時間がありませんので、早速下のフロアに行きましょう」

「下って、二階ですか？」

どこかの店か特別なラウンジにでも入り、今後について話し合うつもりだろうか、と思った潤に、リュシアンは「国内線に乗ります」と即答する。

「……ん？　国内線？」

「はい、モスクワが駄目なら釧路空港に向かいましょう。こういう状況になった場合のことを考えて、そちらも押さえておきました。四日間のみですが」

「釧路って、北海道？　え、あの、ちょっと待ってください」

エスカレーターに向かってツカツカと歩きだしたリュシアンの背中を、潤は可畏と子供達と一塊になったまま目で追った。

釣られて足まで動きかけたが、可畏がそれを許さない。

リュシアンは物々しいボディーガードに囲まれながら、来日したハリウッドスターのように注目を浴びつつ、下りエスカレーターに消えた。

「可畏、追わなくていいのか？　なんか、釧路に行くとかって」

「この俺がサバーカのケツなんか追えるか」

「ケツとかいうな、子供の前で」

「そんなことより倖を頼む」

リュシアンのあとを追わなかった可畏は、ロシア国内の仲間に連絡したらしいニコライを、烱眼で射る。倖を潤に抱かせるなり、空いた手でニコライの腕を引っ摑んだ。

「……ッ、ゥ、暴君竜」

「釧路がどうとか四日間とかいってたが、説明しろ。どこであろうと何日であろうと独りでは行かせないといったはずだ。日本国内でも同じことだ」

「手を、離してください。貴方の出した答えは、わかっています。独りではありません」

「俺も一緒にってことか？」

「はい……こういった場合に備え、ツァーリは予め、別のプランも用意していたんです。竜嵜グループが所有するホテルで、六人で過ごすという……そちらにとって穏当なプランです」

「うちのグループのホテルを？」

「はい、丸ごと貸し切りました。しかも期間を短縮して、四日間のみです」

屈強な軍人並みに体格のいい体をダークスーツに包み、オールバックの黒髪に銀フレームの眼鏡という、マフィア映画から抜けだしてきたようなニコライは、「アットホームな雰囲気で、ミハイロ様を喜ばせて差し上げてください」と、見た目にそぐわない言葉を振り絞る。

「え、あの、アットホームって……六人で過ごすって、まさか、俺達四人と、ミロくんと……ツァーリを含めて六人でってことですか？」

おそらくそういう意味だと思いつつも、いやまさかそんなわけないよなと疑う気持ちと五分五分だった潤は、可畏と顔を見合わせる。

可畏もまた愕然（がくぜん）としていて、子供の指ほどもある青筋をこめかみに浮き上がらせていた。

「そういう、ことです。釧路空港から車で二時間ほどかかりますが、常に四人で行動できるよう取り計らいます。家族の温かみを知らないミハイロ様のために、お越しいただけますか？」

可畏が手を緩めても、ニコライの表情は苦しげなまま変わらない。

脱臼する寸前だったらしく、解放されるなり肩を押さえて息を詰めた。

「それって、今すぐってことで、間違いないんですよね？」

「はい……最初からモスクワ行きと釧路行きと、両方用意していましたので。連絡がつき次第、ツァーリはミハイロ様を連れて来日されるでしょう。そちらとしても、竜嵜グループのホテルなら安心できるのでは？　問題ないようでしたら、このまま向かってください」

無駄のない説明を受けながらも、唐突な提案に潤の頭はついて行けない。

可畏も慈雨も倖も一緒に行けるならそれは理想的なはずだったが、アットホームな雰囲気で、六人で過ごすという状況を具体的に想像できなかった。

ツァーリには申し訳ないが、完全に一人だけ浮いている。

ミハイロの父親の一人であろうとなかろうと、潤にとっての「家族」に、ツァーリは存在しなかった。

《五》

ツァーリの思い通りに動きたくはない一方で、家族四人一緒であれば一刻も早くミハイロに会いたかった可畏は、リュシアンやニコライと別行動を取りつつ釧路に向かう選択をした。

羽田空港から寮には戻らず、学院に残っていた生餌に旅行の用意を指示して落ち合い、別の便で羽田を発つ。

竜人組織が各国にアジトを持っていることも、日本も例外ではないことも承知していたが、今回の滞在先として彼らが指定したのは可畏がよく知っているホテルだった。アジトの場所は教えずに、なおかつこちらが受け入れやすい場所をあえて選んだと思われる。

「空港でも機内でも結構時間かかったのに、さらに二時間とか大丈夫かな？」

今のところ問題ない子供達のことを気にしている潤は、羽田にいるうちに可畏が用意させた大型キャンピングカーに乗り込み、きょろきょろしながら車内をチェックする。

急遽購入した車は子供仕様にはなっておらず、やはり急いで用意させたチャイルドシートが取りつけられているだけだった。当然、子供用のベッドや海水で満たした水槽はない。

前触れもなく急に泳ぎたがる慈雨のことを考えると、潤には不安があるようだった。

「マーマ、ジーウおうちかえりゅ」

「慈雨、それは泳ぎたくていってる?」

「んーん、れもね、かえりゅの。らってね、あいちゅいるれしょ?」

「慈雨、アイツなんていっちゃ駄目。ミロくんは慈雨の弟なんだよ」

「ちあーうもん。ジーウのおとーと、コーたんらもん」

「それはもちろんそうだけど、倖くんだけじゃなくミロくんも慈雨の弟だよ。慈雨は一番上のお兄さん。『兄さんの中の兄さん』なんだよ」

機内では「おそらブーン、ブーン! ジーウ、ブーンちてるよ!」とハイテンションだった慈雨が不機嫌になったのは、釧路空港の駐車場で先発のリュシアンらと再会したせいだった。

賢い慈雨は、倖が「ミロくん」と呼んで弟扱いしている少年が、リュシアン一行と繋がっているのを理解しているのだろう。この旅の目的に気づいたため、面白くないのだ。

「ジーウ、にーたんの……にーたん?」

キャンピングカーのチャイルドシートに座った慈雨は、潤が「うん、そうだよ。『兄さんの中の兄さん』。俺も倖も『兄さん』だけど、俺には妹が一人、倖には弟が一人しかいないんだ。慈雨は弟が二人もいるんだから、『兄さんの中の兄さん』だろ? なんだか頼もしいなぁ」と持ち上げると、まんざらでもない顔で小鼻を膨らませた。

慈雨の機嫌が直って一件落着かと思った可畏だったが、そう上手くはいかない。

「コー、にーたんらって、うれちかったの」と倖がいうや否や、慈雨はカッと目を剥いた。

「コーたんはジーウのおとーとよ！　にーたん、らめ！　らめよ！」

ガーディアン・アイランドで倖が不思議な夢を見て、まだ極小の卵だったミハイロの存在を感じた時も今も、慈雨の主張は変わっていない。

兄という立場を自分だけのものにしたいのか、倖の意識が他に向くのが許せないのか、顔を顰めて「ジーウ、おこよっ」と倖を睨みつけていた。

「慈雨、倖に当たるのはやめろ」

「そうだよ慈雨、怒っちゃ駄目。倖は何も悪くないよ」

可畏に追従した潤は、慈雨の隣に座って「めっ」と拳骨を食らわせる。

もちろんいつものフェザータッチ拳骨だったが、ますます怒った慈雨は「めっ、ちあうもん。ジーウわうくないもん！」と抗議した。

「あっそう。慈雨が『兄さんの中の兄さん』らしくするのが嫌だったらしなくてもいいけど、倖がミロくんの兄さんなのは本当だよ。それは変えられないし、倖が兄さんらしくするのを慈雨が邪魔する権利はない。いくら双子でも、慈雨は慈雨、倖は倖なんだから」

潤にくどくどと叱られても、慈雨は激しい癇癪を起こすことはなく、唇を尖らせ、顎に皺を寄せて怒り顔を崩さなかった。臍を曲げてはいるものの、理性は保っている様子だ。

——あとはもう、ミハイロの出方次第ってところか？　ここだけ見てると平和だな。

可畏は潤の正面に座り、車内の窓から望める北海道（ほっかいどう）の青空と共に、愛（いと）しい三人のやり取りを眺めていた。

慈雨のために作らせた巨大水槽付きのキャンピングカーと、元々所有していた閉所恐怖症の自身のための車両を陸路で呼び寄せているが、取り急ぎ用意したこの車も、釧路を走る分には悪くなかった。

寒いのは苦手なので夏場に限り、北海道には数え切れないほど来ている。

その多くは釧路空港を利用していて、いつもながら湿原までの道中は快適だった。

車内にいても空の広さを感じられるため、閉塞感を覚えにくい。窓外に見える空を汚す物は何もなく、都会のようにビルや電線で細々と切り分けられることもなかった。

明度の高いブルーの空を見ていると、その下に広がる果てしない大地や、太古より続く釧路湿原の息吹を感じて、悠々と息を吸うことができる。

——潤や、チビ達がいるからだけどな……。

潤、慈雨、倖の三人を同時に、時には一人一人を見つめながら、可畏は早くも帰路の光景を思い描く。ホテルを出て釧路空港に戻る際は、必ずや家族五人でありたいと強く思った。

この二週間、慈雨や倖の姿を見ながら、そこにミハイロを加えることばかりを考えて、彼が倖に会いにくるのを待っていた。

受け身でいたのは失敗だったと思っているが、考える時間を多く持てたことで、五人家族のイメージは確立している。ミハイロの性格も好みも何もわからず、今はまだ遺伝子上の父親の一人というだけの身だが、それでも父親としての愛情を日々募らせていた。

子供と一緒に暮らしていない父親という点では、実父のクリスチャンと同じ状況だったが、可畏はミハイロの存在を通じて、自分とクリスチャンはまったく違うと改めて思った。

――あの男は、実の息子に会いたいなんて思わなかっただろうな。不意に思ったとしても、精々十年に一度程度の気まぐれだ。

慈雨の機嫌を取るのに一生懸命な潤と、構ってほしくてわざと「おこよ！」とアピールする慈雨。ミハイロに会えるのが楽しみで仕方ない一方で、喜び過ぎると兄の機嫌を損ねることを学んだ倖……そしてここにいる自分。四人で完璧な家族だと思っていたのに、今はミハイロを加えてこそ完成するのだと感じている。

「この二週間で、また成長してると思うか？」

「……ミロくん？　うーん、どうだろうな。中身はぐんぐん成長してそうだけど、外見はもう、そんなに急ぐ必要ないわけだし、変わってないんじゃないかな？」

「そうだな」

「可愛い時期を見逃しちゃったから……俺としてはあのままでいてほしい。もちろん今も十分可愛いけど」

「ジーウかあいー？　かあいよー！　ジーウね、にいたんれ、いっちゃんかあいのー！」

容姿自慢と兄アピールに余念がない慈雨に、潤は「はいはい、一番ね。慈雨くんも倖くんもミロくんもそれぞれいいところがあるから、同着で皆一番ですよー」と返す。

倖はパチパチと手を叩いて「みーないっちゃんねー」と喜んでいたが、慈雨は「みーなじゃないもんっ」と甚だ不満そうだった。

——本当にあのまま成長が止まっていればいい。愛されているからこその我が儘を、俺達が困るくらいいってほしい。慈雨のように親に甘え切って、褒められたり叱られたりしながら、俺達の子供として育ってほしい。

ミハイロが乳児期を飛ばして一気に大きくなってしまったことに責任を感じている可畏は、潤に甘え放題の慈雨にミハイロを重ねる。

あの子が急成長を止めるということは即ち、ツァーリの庇護下で不足なく暮らし、心から安堵している証拠になるが——それでもいいから幸福でいてくれと願えるほどには、親としての自覚があった。

釧路空港から約二時間、リュシアン一行が乗った先導車両を追うキャンピングカーは、日本最大の湿原にして天然記念物でもある釧路湿原を横目に進む。

面積にして東京都の約八分の一もある釧路湿原国立公園を過ぎても、景色はさほど変わらなかった。釧路湿原に連なる広大な村に属する私有地——丹頂湿原の入り口には、侵入者を拒むロープが張り巡らされている。

「可畏……ここ、本当に日本なのか？　知らないうちに国境越えてたりする？」

「この湿原を訪れた本州の人間は、皆だいたいそういうな」

「いや、だって……えぇー、なんか日本じゃないみたい。ジャングルみたいな、いやちょっと違うな。うーん、あ、緑の海みたいだ！」

「流れてんのは川だけどな」

「水平線が……っ、じゃなくて地平線が見える！　なんかこう、海の表面にブロッコリー敷き詰めたみたいな？」

「斬新な表現だな」

「だってほんとに緑緑緑で、凄い」

潤は高めの位置にある窓から、外を眺めて口をあんぐりと開けていた。

チャイルドシートに固定されている子供達は、「ジーウもみりゅの！　マーマ、だっこ！」「コーも、おそとみちゃい」とねだっていたが、茫然とする潤にそんな余裕はなく、「凄い、凄い緑」と感嘆してばかりいる。

「慈雨、倖、もう少しでホテルに着く。車の外に出てから見た方がスケールがデカいぞ」

可畏が慈雨と倖の手を握って宥める間も、潤は窓にへばりついて「凄いっ、果てしない！　広過ぎる……超幻想的！　なんかもう、ゲームの世界みたい！」と興奮していた。

湿原を初めて見て興奮しない人間などいないことくらい可畏もわかっていたが、これまでに翼竜や水竜や皇帝竜に攫われ、大空や大海原に加えて異次元的な巨大氷窟まで見てきた潤が、国内の観光地にここまで驚くとは正直思っていなかった。

「バイカル湖も果てしない世界だろ。白と青の二色しかないあそこに比べりゃ現実的だ。今は緑一色に見えても、近づけば花も咲いてる。鳥も動物も多い。ほらタンチョウが飛んでるぞ」

「え、どこ⁉　タンチョウって鶴だよな⁉　特別天然記念物！」

可畏の目は、『雪原の貴婦人』と称されるタンチョウの姿を捉えていたが、どうやら人間の視力では見えないらしい。

可畏が席を立って指で示しても、潤は「え、無理！　全然見えない！」と悔しがった。

慈雨が真似をして「めーない！　じぇんじぇんめーない！」と訴えて足をバタバタさせると、人間離れしたパワーでチャイルドシートが壊れ、樹脂製のパーツが吹っ飛ぶ。

それを見た倖はすかさず、「ジーくん、らめよ。いいこにちてっ」と、これまた普段の潤の真似をして兄を諌めた。

「ジーウ、いいこらもん！」

「ううん、いいこはあっぱれらのよ」

「うんうん、倖のいう通り、『いい子は暴れない』よ。あーあ、バタバタやるからチャイルドシート壊れちゃっただろ。慈雨、車の中で大きな声を出したり暴れたりしちゃ駄目。まあでも、俺が興奮し過ぎたから悪いのか……大声も上げちゃったし」

潤は自省しつつマザーズバッグを開き、透明の養生テープを取りだす。

手慣れた仕草でチャイルドシートを簡易補修すると、「慈雨、これからミロくんと会ったり、『ツァーリ』って呼ばれてる人と会ったりして、しばらく一緒に暮らすんだよ」と、いきなり核心に迫った。

「潤……」

「あ、ごめん。ホテルに着いてから話すべきだった？」

「俺はそのつもりだった。ミハイロが日本に着くのが今日だとしても、当然俺達の方が早い。ホテルで落ち着いてから話すべきじゃねえのか？」

「それは確かにそうなんだけど、こんな凄い湿原を見たら子供達も興奮するだろ？　ホテルの中を走り回ったりしそうだし、チャイルドシートに縛りつけられてる今話した方が頭に入ると思ったんだ。でも急にごめん」

「いや、母親の判断に任せる」

「――母親って、そのいい方」

「母親は母親だろ。さすがだなと感心してるところだ」

冗談めかしていってみたが、感心しているのは事実だった。

都民にとっては非日常的で魅力的な大湿原も、これから行くホテルも見慣れている可畏には、到着後の子供達の興奮がリアルに想像できていなかった。

ある程度感動してキャッキャッと喜んだあとは落ち着きを取り戻し、チェックイン後は専用ルームのソファーで今後について説明できると、そう思っていた自分の甘さに気づかされる。

旅の疲れが出て、慈雨は到着するなり海水に浸かりたがるのでは……と、その点を心配して道内の系列水族館に命じて海水を運ばせておいたが、子供は予想通りに動かないものだ。

親が先回りして用意した物など目もくれず、目新しい景色に夢中になるかもしれない。

「慈雨、倖、いい？　今から大事な話をするから、よーく聞いて」

私有地である丹頂湿原に作られた、車両走行用の木道を進むキャンピングカーの中で、潤は二つのチャイルドシートの前にしゃがむ。

慈雨と倖の肩を摩りながら、「ちょっと前の話になるけど、学院の正門のところで、大きな大ーきな、トゲトゲ恐竜の影を見たよな？」と問いかけた。

「ジーウめーたよ！　おっきーの、こんなっ、こーんなの！」

「ん、おっきーのね！　めーたね！」

慈雨は両手を振り回してマークシムス・ウェネーヌム・サウルスの異様なまでの大きさと、長い首を表現する。

倖もまた、「おくび、ながーのよ」と、琥珀色の目をキラキラと輝かせていた。

「うん、そうそう。首が長ーくて大きい、あの恐竜の影はツァーリっていう人のものなんだ。ツァーリっていえる？」

四日間、一緒に過ごすにはまず名前を、と考える潤に向かって、慈雨と倖は「アーリ？」と声を揃えた。

「ううん、ツァーリだよ、ツァーリ。はい、もう一回いってみよー」と潤が何度か教えたが、惜しいところまでいきながらも「アーリ」のまま変わらなかった。

「大人でも難しいもんな、とりあえずアーリでＯＫ。ツァーリは人間の姿の時も、可畏と同じくらい背が高い人だよ。優しくしてくれると思うけど、余所の人だから……あんまり甘えちゃ駄目だよ。ミロくんとツァーリが仲よくしてても、慈雨と倖にとっては『余所の人』だから、会ったらきちんと挨拶して、いい子にしてよう」

慈雨と倖を極力ツァーリに近づけたくない潤の想いが練り込まれた説明に、二人は無邪気に「あーい」と返事をする。超巨大恐竜への憧憬は一般的な竜人や人間と同じように持っていて、ワクワクと胸を弾ませていた。

「それと……いまさらいうまでもないけど、ミロくんも一緒だよ。アスレチックで会った銀の髪の男の子。倖がミロくんって呼んでた子は、本当はミハイロくんっていうんだよ」

潤がミハイロの名を出した途端、倖と慈雨は正反対の表情になる。

見事に明暗が分かれ、倖は笑顔で再会を喜んでいた。

「ミロくん、ミアイオーくん……ゆーのね？　コー、まちあいちゃた？」と、恥ずかしそうに首を竦めるものの、それ以上に嬉しそうだ。

慈雨は顎を思い切り突きだし、上唇が隠れるほど下唇を鼻に近づけてぶすーっとしてから、「ジーウやーの。らって、めんねちないのよ！　ジーウ、ゴーンちたのよ！」と叫ぶ。

アスレチックのブランコで頭を打ったのに、乗っていたミハイロから謝罪を受けていないと訴えているらしい。

もう二週間以上も前の話だが、だいぶ根に持っているようだった。

「倖くんは間違えてないよ。ミロくんって呼び方、可愛いと思う。ミハイロくんに訊いてみて、『いいよ』っていわれたら、これからもミロくんって呼んでいいと思うよ」

潤は倖の黒髪を撫でると、憤懣やる方ない様子の慈雨にも同じようにする。

「慈雨、あの時は……動いてるブランコの前に急に飛びだした慈雨も悪かったたし、慈雨の手をちゃんと握ってなかった俺も悪かったんだ。今度は皆で、怪我とかしないように仲よく遊ぼう。ミロくんは成長が早くて大きいけど、この世に二人しかいない、慈雨の弟なんだよ。倖くんに優しくするみたいにミロくんにも優しくできたら、慈雨はもっとカッコよくなれるよ」

あくまでも優しくいい聞かせる潤を、慈雨はじっと見つめる。

どうやら、実の母親に見惚れているようだった。

可畏の位置からは潤の顔が見えなかったが、慈悲深い微笑みが想像できる。

自分も同じように何度も見惚れて、手放すことのできない優しさに支えられてきただけに、慈雨の気持ちがよくわかった。

「ジーウ、かあいよー」

「うん、可愛いけど……カッコイイお兄さんになるには、ちょっと頑張らないとな」

「ちっと、ばんばゆの？」

「うん、でも大丈夫。慈雨は生まれてすぐに溺れてる倖くんを助けたカッコイイお兄さんだし、ミロくんにも優しくして、もっとカッコイイお兄さんになってくれたら嬉しいなー」

潤にこんなふうにいわれたら、なるしかないだろう――と思う可畏と同じく、慈雨もまた、うんうんと頷いていた。

倖が「ジーくん、かっちょーいよ！」と手を叩くと、慈雨は「ジーウね、かっちょーいの。かあいーの、やしゃしーの、みーなジーウの！」と鼻高々になる。

それでも急に思い立ったように、「コーたんも、かあいねー」とフォローする慈雨に、倖は「ジーくん、ありあと」と照れながら笑っていた。

《六》

竜寄グループが経営する丹頂湿原ホテルは、同湿原の中心部に程近い牧草地にあり、小さいながらもホテルという名称に相応しい趣の建物だった。

潤が実際に見たことがある横浜の赤レンガ倉庫や東京駅を彷彿とさせる落ち着いた雰囲気を持ち、決して華美ではなく、手つかずの大自然と上手く調和している。

ホテルの支配人を務めるドロマエオサウルス竜人の話では、一般客の宿泊が許されていない竜寄家専用ルームを除いて、全室を海外からの観光客がリザーブしているとのことだった。

数分ばかり先に到着したリュシアンが割って入り、「それはすべてダミーで、実際は我々が貸し切りに」と説明すると、可畏は「緩過ぎたな」と無表情で呟いていた。

庶民的な料金設定ではないため客層は限られるものの、竜寄家の人々が滞在する期間以外は、一般人も借りられるホテルだ。金さえ詰めば誰でも簡単に占拠できるわけだが、可畏としては面白くないのだろう。とはいえ、潤だけがロシアに向かい、バイカル湖から繋がる異空間エリダラーダに連れていかれることに比べれば、遥かにましな状況といえる。

「間もなくツァーリが到着されます。二時間ほど前に釧路空港を出られたそうです」

竜嵜家専用ルームの居間で子供達の面倒を見ていた潤は、知らせに来たリュシアンに「はい、今からロビーに行きます」と答える。

実のところツァーリが釧路空港に着いた時点で、可畏の部下から連絡を受けていた。

何しろツァーリは、世界最大の有毒草食恐竜マークシムス・ウェネーヌム・サウルスの影を背負っているため、地上で行動すると頗る目立つ。そうでなくともロシアから釧路への便は限られているので、到着時間の予想は大方ついていた。

「普段ならとっくにおねむの時間なのに、二人とも冴えてるねー」

慈雨と倖に余所行きの服を着せた潤は、慈雨のブロンドをブラシで梳く。

可畏が手配していた海水に浸かって休憩を取った慈雨は、目を爛々と輝かせていた。

「おっきーきょうゆ、くりゅ？」と、可愛らしく首を傾げる。

「うん、もうすぐ着くんだって。お日様が隠れたから、御挨拶の言葉は『こんばんは』だよ。名前もちゃんといおうね」

「アーリしゃん、こーばんわ！　リューラキ、ジーウよ！」と大声で練習した慈雨は、唐突に「おちゃちん？　ジーウね、おちゃちんしゅーき」といいだした。

今夜の服は写真館に行った時の服と似ているため、写真撮影をすると思ったらしい。

倖が透かさず「コーね、ジーくんとミロくんと、おちゃちんしゅる！」と飛び跳ねたので、潤は可畏の視線を気にしつつ苦笑した。二人が孵化してから写真を撮るのが日課になっている潤は、ミハイロの写真を撮りたいと、密かに思い続けている。

その流れで、写真館で撮ってもらう家族写真を、五人で改めて……と願っていたが、一方でもう一人の父親の存在が気になっていた。

自分達にとっては五人家族でも、ミハイロから見ればツァーリもまた実の父親であり、現在一緒に暮らしているツァーリに比重を置いていると考えられる。

そうなると、「ツァーリを除いて五人で家族写真を」と求めるのは、ツァーリだけではなくミハイロの気持ちまで蔑ろにする行為になりそうで、難しい問題だった。

――俺達五人で撮るだけじゃなく、ツァーリとミロくんと俺の三人で撮るのもありますっていうなら筋が通るけど……それは凄く不本意だし、可畏だって嫌なはずだ。

潤は鬱屈しながら慈雨の髪を整え、自分の気持ちを整理する。

潤は不当な理由でツァーリに攫われ、子作りを強要されたのも同然の身であり、彼との間に子供が出来たからといって、三人で家族写真を撮る義務はないと考えていた。

しかしミハイロを傷つけたくはなく、ツァーリも父親の一人であることを、否定せずに受け入れなければならない事情がある。心とは違う部分で割り切りは必要になり、なんの罪もないミハイロと、略奪された側の可畏の両方を、バランスよく尊重するしかなかった。

「慈雨、倖……ちゃんとした写真は撮らないよ。俺が普段通りパシャパシャ撮るだけ」

「んー？　とるの？　ちあうの？」

「うん、撮ることは撮るけど、俺が撮るだけってこと」

「マーマ、ミロくんも？」

「もちろん。慈雨と倖とミロくんと、三人の写真を撮るよ」

改まった家族写真をすぐには撮らずに、子供達の気軽なスナップ写真を撮るだけにしようと決めた潤に、可畏は何もいわなかった。

表情からして、賛同しているのがわかる。

ブランコの事故の際にミハイロに殺意を向けてしまった可畏は、ツァーリに対する憎しみは一旦忘れて、ミハイロを二度と傷つけまいと、覚悟を決めているようだった。


多摩の丘陵の頂にある竜泉学院は、敷地も広く、世間とは隔絶された閑静な場所だったが、静けさという点でいうとここは桁違いだ。

気密性の高い室内では虫の声も届かず、自分が立てる音の響きに驚くほどだった。

子供達がいるので常にパタパタと騒がしいが、独りだったら落ち着かなかっただろう。

窓の外には恐ろしく深い闇が広がり、これがゲームの世界なら悲鳴など聞こえてきて、殺人事件が起こりそうな雰囲気だ。

「めーた！　おっきーきょうゆら！」

額装された絵画や彫刻と共に、恐竜博物館の如くティラノサウルス・レックスの骨格標本が飾られたホテルのロビーで、慈雨が窓の外を指差す。

月光があってもなお暗い湿原は潤にとっては闇に他ならないが、慈雨にはツァーリが背負う恐竜の影が見えるらしい。潤の脚に摑まり立ちしていた倖も、「しゅごいね、おっきねー」と、目を見開いて興奮していた。

「あ、俺にも見えた」

少し遅れて、潤にも恐竜の影が見えてくる。

マークシムス・ウェネーヌム・サウルスの頭部と長い首が見え、じっと目を凝らすと無数の棘も見て取れた。エリダラーダで一緒に暮らしていた期間もあるので慣れたつもりだったが、こうして新たな場所で見ると、尋常ではない大きさに気を吞まれる。

「ちゃんと挨拶するんだよ」

「んっ、ジーウあいあちゅ、しゅるよ！」

「アーリしゃん、こーばんわ、ゆーのね？」

「そうそう、こんばんはだよ」

右手では慈雨の手を、左手では倖の手を握ったまま両足に力を籠めた潤は、マークシムス・ウェネーヌム・サウルスの巨大な影から視線を落とし、開かれた扉の向こうを注視した。

ロビーの主扉の先にはエントランスに続く表玄関の扉があり、ホテルマン達がそちらの扉も開こうとしている。

可畏は一人掛けのソファーに座っていて、ホテルのオーナーらしく鷹揚に構えていた。

外で出迎えるリュシアンやニコライの前に、護衛車両に挟まれた白いリムジンが停まる。

――ツァーリと、ケツァルコアトルス、アルバートサウルスが乗ってるのは影でわかるけど、ミロくんは……。

釧路空港に到着したツァーリは、幼い少年と一緒だったと聞いている。

本当にミハイロを連れて来日したんだと思うと、改めて緊張した。

アスレチックでの初対面が和やかなものではなかったので、どうしたって不安もあったが、我が子に会える喜びが勝る。リムジンのドアが開くのを、潤は今か今かと待ち侘びた。

運転手によってドアが開かれ、ツァーリが降りようとしているのが影の動きでわかる。

恐竜の影を持たないミハイロの動きは実物を見るまでわからないが、潤のイメージの中では、小さな手でシートを押すようにして立ち上がる仕草や、柔軟に曲がる艶々とした膝、ドアから出る時に少し屈む様子など、実際に見ているように浮かび上がった。

六月の釧路の夜は寒く、湿原を舐める冷たい風が吹く中で、まずはツァーリが降りてくる。

自分で編んだのかもしれない、青のグラデーションが美しいニットを着ている背の高い彼は、車内の子供に手を貸した。

慈雨と同じカフェオレ色の肌をした少年が、優雅な所作で降りてくる。

それは潤の想像を超えるものだった。まるでどこかの貴公子か王子に見える。

現にフヴォーストの皇子として躾けられているせいなのか、早くも気品が感じられた。

見た目は二週間前と特に変わらず、日本人形のようなオカッパ頭で、寒国のイメージが強い銀色の髪と、暖国のイメージが強い有色の肌の組み合わせがエキゾチックで愛らしい。

「ミハイロ」

その名を真っ先に口にしたのは可畏だった。

ソファーから立ち上がると、潤や双子の横を通ってミハイロに歩み寄っていく。

ミハイロはティラノサウルス・レックスの影を見上げながら、絨毯の上を歩いてきた。

初対面の際はまともに言葉を交わせなかった父と子が、今度こそ親子として顔を合わせる。

潤の斜め前で、可畏はおもむろに膝を折った。

ミハイロと共にロビーに入ってくるツァーリには目もくれず、ツァーリ好みの上品な装いのミハイロだけを見つめ、目線の高さを同じくらいにする。

そんな可畏にミハイロも行き先を合わせ、潤ではなく可畏の前に立った。

ミハイロの横を歩くツァーリもまた、二人が言葉を交わすことを望んでいるように見える。

「ミハイロ、俺は……お前の父親の一人で、ティラノサウルス・レックス竜人、竜嵜可畏だ。先日は咄嗟に睨みつけてしまい、怖い思いをさせて悪かった」

名乗るなり謝罪した可畏の背中を、潤は驚きながらも黙って見守っていた。

ツァーリや他の竜人達の手前、可畏は感情を抑えた話し方をしていて、準備していた台詞を淡々と口にしているようにも感じられたが、本当は違うことを潤は知っている。

この謝罪に至るまで、どれほど後悔して苦しんでいたか、痛いほどわかっていた。

一方的に謝りたいわけではなく、ミハイロのことを想うからこそ、ツァーリがつけた名前で彼を呼び、単に「父親」と名乗るのではなく、「父親の一人」と名乗ったのだ。

現状を否定してミハイロを困惑させないために、可畏は自分を抑え込んでいる。

本当は名前をつけたいだろう。父親は自分だけだといいたいだろう。けれども何もいわず、覆したいものを覆さずに、あるがままにすべてを受け入れている。

――ツァーリと張り合うんじゃなく、まず父親になってる。ミロくんの気持ちを優先して、色々なことを我慢して……。

三人目の子供の父親として一層立派になった可畏に、潤は改めて惚れ直す。

涙腺がぴりりと小さな痙攣を起こしかけ、涙をこらえるのが一苦労だった。

ミハイロと可畏の間に割り込みはせずに、慈雨と倖の手を改めてしっかりと握り、心で寄り添う。本当は、子供達と一緒に飛びついて背中を摩りたかった。

「カイパパ」

ミハイロの言葉に、可畏が大きく反応する。

潤も、そして慈雨も倖も、その一言に心を摑まれた。

ミハイロの隣には今もツァーリが立っていたが、ミハイロは可畏だけを見つめ、ツァーリの顔色を窺うようなことはなかった。

そして、「ボク、ダイジョブ」と答える。

表情は乏しく緊張が見られるものの、どことなく嬉しそうな声だった。

竜泉学院のアスレチックで会った時よりも、内面的に成長しているのがわかる。

「ミハイロ……ッ」

これまでとは打って変わって感情的な声を漏らした可畏は、もう一時も待ち切れない様子でミハイロを抱き寄せた。許しの言葉をもらって感じ入ったことも、我が子への特別な愛情も、誰にも隠さず気取りもせずに、大切な宝物を包み込むように抱き締める。

可畏自身にとってはもちろん、潤にとっても感動的な一幕だった。

ただし当のミハイロにとっては、少しばかり違ったらしい。

可畏の肩の上に乗せられた顔は驚きに彩られ、そのまま無表情に変わってしまう。

だからといって嫌がっているわけではなく、どうしたらよいのかわからない様子で紫の瞳を彷徨わせていた。抵抗せずに抱擁を受け入れてはいるものの、手の行き場に迷い、ピアノでも弾くように指を泳がせる。

——抱き返すべきかなとか、慌てて考えてるのがわかる。無表情なんだけど……。

潤は慈雨や倖が勝手に動かないよう注意しながら、ミハイロの心情を察していた。

おそらく可畏のことを父親の一人と説明されていて、対面と挨拶は想定内だったのだろう。

謝罪もすんなりと受け入れることができたが、抱擁は覚悟していなかったのかもしれない。

直立不動のまま「ゴキゲンヨウ、ボク、ミハイロデス」と、まるでロボットのような口調で挨拶をした。

「ミハイロ……」

「御機嫌よう、到着が遅くなって申し訳ない。お待たせしてしまったかな？」

ミハイロの挨拶に驚いた可畏が手を引くと、ツァーリはようやく自分の番が来たとばかりに苦笑う。可畏がミハイロを抱き締めたことに関して、特に思うところはない様子だった。

潤が見る限りでは、皇帝らしい悠然たる態度を保っている。

「俺が待っていたのはミハイロだ」

可畏はぴしゃりと答えて立ち上がったが、内心ばつが悪そうだ。

この場でいきなり抱擁までするつもりはなかったのだろう。人目を憚(はばか)らずに感情に流され、ミハイロを困惑させてしまったことを悔やんでいるようだった。

——いや、いいと思う。これでいいんだと思うよ、可畏。あの時、殺意を籠めて睨んだこと、ミロくんはそんなに気にしてなかったみたいだけど、最初が肝心だから。ちゃんと謝って、感極まってなりふり構わず抱きついて、それでいいんだよ。

潤は双子の手を引いて可畏の隣に行き、胸の中でぐっと拳を握る。

通常は酷（ひど）いことをした側よりも、やられた側が大きなダメージを受けるものだが、どうやらミハイロは幼過ぎて、先日の件で深く傷つくには至らなかったようだった。

竜泉学院に初めて来て、遊びたかった倖と遊び、そのあと慈雨が怪我をして、母親に等しい潤や父親の一人である可畏が現れ……と、一気に多くのことが起こり過ぎて、可畏に睨まれたことばかりを重く受け止めたりはしなかったのかもしれない。

「コウニーサン、ボク、アイタイ……アイタ、カタ」

片言の日本語を話すミハイロは、倖を見るなり蕩（とろ）けるような笑みを浮かべる。

先程までの硬い表情はなんだったのかと思うほど、子供らしい、それどころか幼児らしい、純真無垢（むく）な笑顔だった。夜更けにもかかわらず太陽の光が粉状になって振り撒（ま）かれ、髪も肌も目も、ミハイロを取り巻くすべてがキラキラと輝いて見える。

「ミロくん、こーばんわ！」

「コウニーサン、コンバンハ」

二週間前に会った時のまま、五歳児くらいに見える弟のミハイロと、一歳児くらいに見える兄の倖は、お互いを見つめながら笑い合い、ハグをしたくてたまらない様子でうずうずと手や体を蠢（うごめ）かす。

「アーリしゃん、コーバンハ。ルーラキ、コーれす」

「アーリ？　私のことだね？　こんばんは、元気な挨拶をありがとう」

倖はツァーリに挨拶をすると、これでやるべきことは終わったとばかりに自由を求めた。

潤が手を離すなり、ミハイロに向かって飛行しそうな勢いでぴょんっと跳びつく。

「ミロくん、だっこ！」

「コウニーサン！」

ミハイロが嬉々として倖を抱き上げるのを、潤はハラハラしながら見守った。

さすがに竜人だけあって難なく抱いていたが、体格的には余裕があるようには見えない。

そのうえ慈雨が、「コーたん！　にゃなの⁉　にゃの⁉」と意味不明な奇声を上げたので、トラブルにならないよう慈雨の体を全力で押さえ込まなければならなかった。

「あの……ミハイロくんっ、この前はちゃんと挨拶できなくてごめん。俺は君の……三人いる父親の一人で、母親でもある感じで、沢木潤っていうんだ。どうぞよろしく」

自分でも多少おかしい自覚はある潤の挨拶に、ミハイロは倖をあやしつつ目を瞬かせる。

倖に向けていた無邪気な笑顔は、潤が自己紹介をしている間にスッと無表情に戻っていたが、硬いのは顔の筋肉だけだった。目には感情が現れていて、興味を示しているのがわかる。

「――ジュン、ジュン、モ、チチオヤ？」

「うん、男だから父親でもあるよ。まあ、どちらかといえば母親なんだろうなとは思うけど。俺のことは潤パパでもママでも潤でも、好きなように呼んでいいからね」

「……ジュン、ヨブ。ボク、ミハイロ」

じたばたと暴れる慈雨をがっちりと押さえながら笑った潤は、控えめな笑みを返される。

アルカイックスマイルという言葉が頭を過ぎるような微笑で、高貴で知的な印象を受けた。

倖に向ける笑顔を十とするなら、一か精々二くらいのものだったが、それでも二週間前とは違っている。

――エリダラーダで多少は人慣れしたのかな？　あの時は短い間だったけど、今よりもっと極端で、倖以外には興味なさそうだったし……。

この四日間でさらに成長するんだろうなと期待に胸を膨らませる潤の腕の中で、慈雨が突然、「コーバンハ！　ルーラキ、ジーウよ！」と大声で挨拶をする。

自分が捕まっている理由は挨拶をしていないことにあると誤解したのか、慈雨はツァーリに向けてもミハイロに向けても同じ挨拶をした。

「慈雨……ちゃんと御挨拶するのは偉いけど、何もそんなに大きな声を出さなくても……っ、耳ビリビリするよ」

「マーマ、もうやーの！　やーのっ！」

「静かにっ、パパんとこ行ってなさい」

解放しろと訴える慈雨を、しかし解放せずに可畏に引き渡した潤は、腹を括ってツァーリの顔を見据える。できることなら無視したいくらいだったが、そういうわけにもいかなかった。

「今晩は、急な移動で大変でしたよね……お疲れ様でした。可畏を含めた日本での滞在に切り替えてもらったこと、感謝してます。してますけど、ルールは守ってください」

一言一言に力を籠め、いいたいことをいった潤に、ツァーリはミハイロと似通った笑みを浮かべる。

潤の気合をさらりといなし、慈悲と寛容を以て遥か高みから見守るような、典型的なアルカイックスマイルだった。

「指一本触れないと、約束するよ。私の愛は、若者のように即物的ではないからね。君の心が手に入らないうちは、そういう意味でも求めない」

可畏の前でも堂々と愛を語るツァーリに、潤は胸の内ではなく実際に拳を握る。

先程とは真逆の意味の拳で、ツァーリを殴れるなら殴りたいくらいだが、子供達の目があるなし以前に、人の顔を拳で殴るスキルは持ち合わせていなかった。

——ふざけんなって、張り倒したいくらいなんだけどな……なんだろう、エリダラーダでは切なさがあって哀れみを誘う感じだったのに、この妙に達観した笑い方は何？　皇帝然として澄ましてるけど、やってることは横恋慕だし、人妻みたいな立場の俺に愛だのなんだのいうのルール違反だろ。子供を出しにして俺をエリダラーダに連れていくとか、絶対おかしいよな。妥協してくれたのはよかったけど、そもそも最初の提案が無茶過ぎる。

潤はツァーリの微笑に苛立ちながら、「感謝してます」の一言を撤回したくなる。

道ならぬ恋に苦しんでいるなら同情心が働くものの、今の彼は罪を罪とも思わず開き直っているように見えて、怒髪衝天の勢いで腹が立つ。

ツァーリの余裕が「子を生したこと」にあるのかと思うと、渾身のグーパンチに挑戦したいくらいだった。

「もう遅いし子供達も疲れてるんで、寝かせましょう」

殴りたいのはやまやまだが殴れなかった潤は、とにかくツァーリと離れることにする。

甚だ悔しいことに見れば見るほど美々しい男で、冴えた白銀や、七色に輝く真珠、紫水晶で作られた彫刻の如き姿から、さりげなく顔を逸らして膝を折った。

「ミロくん、今夜は侍や慈雨と一緒に寝る？」

これもまたさりげない調子で……それでいて心の中では、「こっちの部屋に来て、来て来て来て、お願い！」と熱烈に唱えた潤に、ミハイロは目を丸くする。

「……ッ、コウニーサン、イッショ？」

「うん、ゲストルームのベッドを繋げて大きくしたから、そこで三人一緒に」

よし、これはいけそう――と手応えを感じて笑う潤だったが、ミハイロが返事をする前に、

「いーやっ、やーの！」とヒステリックな声に妨害される。

「慈雨っ」

「ジーウ、やーの！　コーたんはジーウとねんねよ！」

そういう意地悪をいうんじゃありません——と、ミハイロの前で叱って無理やりいうことを聞かせるのが正しいのか否か、迷う潤の耳に、今度はツァーリの声が飛び込んできた。

普段よりもだいぶ低い声で、彼は「ミハイロ」と呼ぶ。

途端に慈雨が黙り込むほど、強圧的な響きだった。

「お断りしなさい。パートナーを得るまでは、独りで寝るものだ」

思いがけないツァーリの言葉に、黙っていたミハイロが反応する。

驚き眼(まなこ)から一転、スッと目を伏せ、まるで人形のような無表情に変わった。

どういう意味かと潤が考えている間に、ツァーリはリュシアンに向かって「私とミハイロをそれぞれの部屋に案内してくれ」と求める。

潤は短い間にあれこれと考え、一つの結論に行き着いた。

最初は、自分の子だから竜嵜家の部屋には泊まらせないという意味かと思ったが、そうではなく、ツァーリ自身もミハイロとは別の部屋で過ごす気らしい。

「あの、もしかして独り寝させてるんですか?」

「ああ、これといって無理のある行為ではないし、そういった習慣は旅行先でも変えさせないつもりだ。ミハイロに母親や兄のいる生活を体験させ、家族の温(ぬく)もりを感じてほしいと願っているが、教育方針を曲げる気はない」

「え、でもせっかくなのに……それに、見た目はともかく孵化したばかりじゃないですか」

「孵化後一日目であろうと同じことだよ、潤」

ツァーリの言葉に驚くのは潤だけで、ミハイロは顔色を変えず、一言も逆らわない。

倖への未練はあるようだったが、至極当然のこととして受け止めているようだった。

「コウニーサン、アシタ、アソブ」

「ん、コーね、ねんねちて、おっきちて、みーなであしょぶの！　やっくしょっく！」

納得いかずに憮然とする潤や、ミハイロが気に入らなくて仕方ない慈雨とは反対に大喜びの倖は、明日の約束があれば十分とばかりに微笑む。

それはミハイロも同じで、「コウニーサン、ヤックソック」と指切りをした。

子供ながらにすらりと長い小指を、頼りない倖の指に絡ませるミハイロの姿を、潤は努めて冷静に見守る。「兄弟なんだから一緒に寝たっていいじゃないですか、厳し過ぎません？」といいたいところだったが、教育方針は家庭によって違い、国を跨げばより大きな差が出るのはわかっていた。

竜寄家専用ルームに戻るなり、慈雨と倖は電池が切れた玩具のように緩慢な動きを見せる。

直前まで興奮していたにもかかわらず、秒で舟を漕ぎだした。

「あーあ、せめて着替えてから寝てほしかったよ」

ホテルの最上階——三階の半分を占める専用ルームには、まず控えの間があり、その左右に今回の旅行では使われていないボディーガードや生餌のための小部屋がある。

一家が使うのは広い居間と、オープンキッチンを備えたダイニング、書斎とミニシアター、そしてバスルーム付きの主寝室とゲストルームだ。

潤は可畏と共に子供達をゲストルームのベッドに寝かせ、二人掛かりで着替えさせる。

短い間しか出番のなかった余所行きの服を脱がせてパジャマを着せるが、寝た子の着替えは難しかった。

何しろ熟睡すると力加減が適当になり、普段は大人しい倖ですら人間の子供ではあり得ないほどの力で拳を振ったり足をバタつかせたりするので、ガツンとやられないよう慎重さが必要になる。

「このベッドで、三人で寝てほしかったな。初日でそれは望み過ぎかな？」

「いや、ミハイロとしては今夜からでも構わない様子だった。むしろ倖と一緒にいたがってた。問題はツァーリだ。奴の教育方針に反するなら、何日経っても変わらないだろうな」

「うん、そうだな……あの感じだと最後の夜ですら無理そう。お国柄かな？」

純粋に疑問に思った潤は、パジャマ姿の慈雨と倖に毛布をかけて、肉食竜人の倖には薄手の羽毛布団もかけた。

六月の北海道の夜はやはり寒く、オイルヒーターを使っていても足りないくらいだ。

寒い所が苦手な可畏はヒーターの近くに寄り、立ち上る熱気に手を翳す。

「千年以上もあんな氷窟で生きてれば、お国柄も何もないだろう。おそらく奴は、ミハイロを後継者にする気で育ててるんだ」

「後継者？　ああ……まあ、皇子様みたいな感じではあったけど」

「恐竜の影を持たないとはいえ、レアな卵生竜人で、孵化の前後に五歳児相当まで育ったハイブリッドだ。ミハイロをフヴォーストの次期皇帝にと考えてもおかしくはない」

「ツァーリは永遠の命を持ってるのに、後継者なんて要る？」

これもまた純粋な疑問だったが、答えを聞く前に自分でもわかった気がした。

後継者というと堅苦しく馴染みがないだけで、我が子に家督を継いでほしいと願うのは至極一般的なことだ。

「永遠の命を持っていても、戦って負ければ命を落とす。エリダラーダに引き籠もっていれば敵を湖上に転移させて逃げ切れるんだろうが、地上に出たら暗殺されるリスクがある。そうでなくても血を分けた後継ぎは欲しいもんだ。有力者なら尚更だろ」

可畏に対して「うん、わかる気がする」と答えた潤は、一応可畏の後継者である慈雨と倖の髪を指先で撫でる。

可畏がどこまで本気で考えているのかわからないが、可畏は子供達を後継ぎ扱いしつつも、伸び伸びと育てていた。

体質的にやむを得ないことや異能力を抑えるための訓練は別として、基本的には潤の常識や価値観に合わせた躾をしている。

寝室にしても、このホテルでは別室だが、普段の寝室は親と同じだ。

いずれ親離れしても慈雨と倖はしばらく同じ部屋で、それから一人部屋になるという感覚が潤にはある。

「日本の一般家庭で育ったせいか、小さい頃から一人寝なんて考えられないんだよな。本物の五歳児だったらわかるけど、ミロくんの中身というか精神年齢は、五歳まで行ってないんじゃないかな?」

「ああ、そうかもしれないな」

孵化後一日目でも一人――という方針は、かわいそうに思えてならなかったが、ツァーリが実意に欠ける親でないことはわかっている。

本当は彼が一番、ミハイロと一緒に寝たいだろう。

同じベッドに入って頭を撫で、「いい子いい子」と猫可愛がりできるものならしたいのを、心を鬼にして耐えているのかもしれない。

「ミロくんって、今のところあまり我が強くなくて大人しいというか、優しい子なんだよな。それに頭がよさそう。可畏が謝ってる理由もちゃんと理解してるみたいだった」

「――拍子抜けしたけどな」

ぼそりと本音を漏らす可畏に、潤は「それくらいでよかったじゃん」と軽めに返す。

もちろん可畏もそう思っているようで、オイルヒーターに手を翳しながら「ダイジョブを、真に受けていいと思うか？」と訊いてきた。

「うん、全然いいと思う。ミロくんは卵の時から倖と夢で遊んだか何かして、倖に会いたくて学院に来たわけだろ？　あの日の出来事として、倖と遊べたことが一番重要だったんじゃないかな？　色々なことが重なったから、可畏に睨まれたのなんて些細なことだったんだよ」

「些細なこと、か」

「うん、暴君竜としては複雑かもしれないけど、あの子が親ってものに比重を置いてなくて、特に期待もしてなかったなら傷も浅いだろ？」

「ああ、そうだな。あとはもう、次はないと思って気をつけるしかねえな」

「大丈夫、可畏は本当にいいパパだから」

可畏が纏う愁雲を払拭したくて、潤はややオーバーに笑う。

それが功を奏したのか、可畏は憑き物が落ちたように肩の力を抜いた。

「お前にそっくりな子に嫌われるのは、厳しいもんがあるからな」

「んー？　可畏の場合、倖に嫌われるのが一番キツそうだけど」

「まあ……性格的にはそうだな。倖に嫌われるって相当だろ」

「うん、相当だね。いつもニコニコ、誰にでも優しいから」

ミハイロの性格は今のところよくわからないものの、天使度ナンバー1はやはり倖だろうと思いつつ、潤は倖の黒髪を指にくるりと巻いてみる。

そうすると倖は聞き取れない寝言を呟き、ゼリービーンズのような唇で笑った。

眠っている時も起きている時も、周囲の人を笑顔にする力を持っている。

一方で好き嫌いがはっきりしている慈雨は少しばかり我が強く、悪戯(いたずら)好きの小悪魔のような一面があるが、スピースピーと眠る姿は天使以外の何物でもない可愛さだ。

「ミロくんの寝顔も見たかったなぁ、起きてる時はちょっと澄まして見えるし」

「連れて帰ればいつでも見られる。あの子は……ミハイロは、近くで見るとますます可愛くて、綺麗(きれい)な子だな。お前によく似てる」

「似てるっていわれると褒めにくいけど、オカッパで可愛いよな、お坊ちゃまっぽくて」

醸しだす雰囲気や笑い方がツァーリに似てると思いつつも口には出さなかった潤は、間近で見たミハイロの姿に、ツァーリの血を感じていた。

——目の色が紫色とか、銀髪だからとか、そういうことじゃなくて……どこか浮世離れして超然としてる感じが、なんか親子っぽいんだよな。

セミダブルのベッドを二つ繋げ合わせたベッドで、倖が寝返りを打ち、その背を追うように慈雨も半回転する。結局二人の距離は変わらず、同じポーズですやすやと寝ていた。

広いベッドには、ミハイロが加わる余裕が十分にある。

今夜ここに一緒に寝かせることができていたら、あの子の印象は変わっただろうか。

ああ、三兄弟なんだなとしみじみ思ったり、ツァーリには似てないなと考えを改めたりして、惜しみない幸福感に浸れたかもしれない。

「ミハイロを連れて帰りたい。慈雨や倖よりデカいが、二人の弟として育てたい」

可畏はヒーターで温めた手をじっと見て、父親として当たり前のことをいった。

ミハイロに触れた感触を思い返しているようで、我が子を欲する気持ちが伝わってくる。

「一緒に帰れるといいよな」と、潤は普段通りに笑った。

可畏の願いは自分の願いでもあり、五人家族になりたいと思っている。

思ってはいるけれど、ツァーリとミハイロが親子であることを感じた今、願望に迷いが生じ、歯止めがかかっていた。

元々は向こうが酷いことをしてきたのに、今度はこちらが仲のよい親子を引き裂く行いを目論んでいるようで、ちくちくと胸が痛む。

「潤、大丈夫か？　さすがに疲れたか？」

「あ、うん、色々急だったからちょっとな」

可畏の手が伸びてきて、前髪を指で掬われる。

額を掠める掌はカイロのように温かく、「ホカホカ」というと熱を測るように当てられた。

「可畏の手、ジューっていいそう」

「普通は額がいうんだろ」

「額がいったら大変じゃん」

「その時は座薬を突っ込んでやる」

にやりと笑う可畏に「最低ー」と顔を顰めると、「心外だな、正しい処置だ」と返された。「いい方がヤラシーから駄目」と駄目出しすれば、「なら自分で入れろ、見ててやるから」と睨まれて、「やだもん」と頬を膨らませれば「もんとかいうな、襲うぞ」と笑われる。

可畏と突っ突き合いながら、潤は彼がどれだけ安堵しているかを痛感した。

リュシアンと連絡を取ったのが昨日の朝、それから口論になったり離れて過ごしたりと色々あって、図らずも四人一緒にいる。

しかもここは日本国内で、竜嵜グループのホテルだ。

もちろんよい方向に転んだのは間違いないが、ミハイロがツァーリの庇護下にいるのを目の当たりにした可畏には、この先忍耐も必要だろう。

今夜はミハイロと会えたことや謝罪を受け入れてもらった喜びでいっぱいだとしても、明日以降、胸に鑢(やすり)をかく破目になるかもしれない。

「可畏……今日さ、空港に来てくれてありがとな」

「――いや、行かせたこと自体が馬鹿だった」

「感動したんだ。俺も、やっぱやめたって思ってたから」

潤はベッドに座ったまま可畏の腰に手を回し、温もる胸に顔を埋める。

明日からの彼のメンタルを心配する一方で、可畏のことだけを考えられずに暗れ惑う自分がいた。

ミハイロがこちら側に来てくれたら、可畏は幸せだろう。

ミハイロも、大好きな倖と一緒に生活できたら幸せだと思ってくれるかもしれない。

倖も自分も幸せで、慈雨もいずれ打ち解ける気がしている。

五人揃ってよい家族になれるかもしれないが、その時ツァーリはどうなるのだろう。

殴りたいと思うほど憎いところもあるけれど、彼は彼ですでに父親の顔になっていたから、無視はできない。

可愛い我が子と引き離される悲しみを、自分はよく知っている。

皮肉にもそれは、ツァーリによって味わわされたものだった。

《七》

この四日間は、三人の子供達と潤のことだけを考えて、仕事はオンラインを活用して秘書や幹部達と連絡を取りながらやっていこう。自身の憎しみも好悪も独占欲も可能な限り封印して、ツァーリとの衝突を避けなければならない。仮に口論で済んだとしても、感情的な言葉や態度、険悪な空気がミハイロを傷つけるかもしれないのだから――と、可畏は意識して自分を戒め、最終的にはミハイロに選ばれたいと願っていた。

父親として一対一でツァーリと競った場合に、絶対に勝てると思うほど自惚れてはいないが、負けるとも思っていない。

先に保護者になったツァーリにアドバンテージがある一方で、総合的に比較すれば、母親の潤や、ミハイロが慕っている倖がいるこちらが有利になると可畏は考えていた。

あとは自分が努力を怠らなければ、ミハイロを取り戻せるはずだ。

そもそも潤がミハイロの卵を手放したのは故意ではなく、血縁関係から考えて親権の半分は潤に、四分の一は自分にあると判断してよいだろう。

ミハイロの意思を無視して争うなら、当然こちらに分がある。

無理強いはできなくとも、可畏の頭には『親権』の二文字がこびりついて離れなかった。

もしもミハイロがツァーリの洗脳を受け、そのうえでツァーリを選ぶようなことがあれば、権利を振り翳して奪い取ってもいいという考えだ。

そうなれば戦いになるだろうが、地上でなら勝機はあると思っている。

――それにしてもなんなんだ、この男の矛盾は……。ミハイロを後継者として皇子のように育てる気かと思えば、厨房に立たせて手伝わせ、部下も全員下がらせて潤をこき使うなんて、いったいどうなってるんだ。

二日目の朝から早速苛立つ可畏の視線の先には、竜嵜家専用ルームのキッチンがある。

可畏の予想を裏切り、ツァーリはリュシアンやニコライを含めた部下全員を近隣のホテルに移らせ、潤とミハイロと一緒に朝食を作っていた。

一階の厨房には、腕の立つ料理人と北海道の新鮮な食材が揃っているが、ツァーリは自分が口にする物は原則として自ら作る主義らしい。

草食竜人のツァーリとベジタリアンの潤が食に関して気が合うのはわかっていたが、可畏の胸をざわつかせるのは二人の馴染み方だった。

少なくとも可畏は、ツァーリのエプロン姿に目を疑い、彼がトマトを洗ったりジャガイモの皮を剝いたりしていることに内心ぎょっとしたのだが、潤は普通に受け入れている。

それどころか「北海道に来て魚介も肉も駄目とか、『人生半分損してる』とかいわれちゃうアレですよね」と共感を求めていた。

「乳製品を摂れるだけよかったよ、君も私も」と返すツァーリに、潤は「ですね」と笑う。

不機嫌そうな顔でぎすぎすしていろとまではいわないが、エリダラーダで恋人同士のように過ごした二週間を感じさせる二人の空気は、非常に不愉快だった。

「卵抜きのブリヌイを焼こうと思うんだが、中身は何がいいかな？」

「ブリヌイってクレープみたいなやつですよね？　あ、美味しそうなジャムありますよ」

「いいね、ではジャムとクリームチーズを用意しておいてくれ」

「はい……あと大鍋でジャガイモ茹でて、バターと塩でシンプルにいきますか？」

「ああ、香り高いトリュフ塩と白いバターがあったのでそれを使おう」

「白いバターってミルキーでいいですよね、それだけで齧れちゃうくらい好きです」

「わかるよ。リュシアンの体に入ると特に美味しくて、つい食べ過ぎてしまうんだ」

「へー、肉食の人に入ると引き摺られちゃうんですね。モデルの体を太らせて返却とか、それ絶対やっちゃいけないやつ」

「そうそう、だから元通りにして返すんだ。最終日に走り込んで絞ったりしてね」

二人は言葉を交わしながら手際よく朝食の支度をして、ミハイロもツァーリの指示を受けて皿などを運ぶ。まるで息の合う三人家族のようで、やたらと眩しく輝いて見えた。

「パーパ、ジーウのおかみは？」

リビングで倖の髪を梳かしながら聴力を駆使していた可畏は、慈雨の声にはっとする。

順番に寝癖を整えるつもりだったがキッチンの方に意識が行ってしまい、延々と倖の黒髪を梳かし続けていた。

おかげで慈雨が退屈して、愛用のハリセンボンのぬいぐるみに悪戯をしている。

針部分の突起を指で凹ませ、いつ覚えたのやら「きゃんぼっつー」といいながら、すべての突起を陥没させて穴だらけの球体にする、薄気味悪い悪戯だ。

「こら、それやめろ。お前は突起が好き過ぎる。髪を梳かしてやるからこっちに来い」

可畏は慈雨からハリセンボンのぬいぐるみを取り上げ、倖と場所を交代させる。

ソファーに座らせて慈雨の髪の縺れを解き、毛先から少しずつブラシをかけた。

「……え、粉ミルクだけ？　その体で、ほんとにこれだけ？」

一般家庭並みの広さしかないキッチンから、潤の素っ頓狂な声が聞こえてくる。

どうやらミハイロの食事についての話になったようだった。

「ああ、これだけでいいんだ。ミハイロは今のところ人間用の粉ミルクしか受けつけなくて。温めたスープ皿に人肌よりも少し熱くしたミルクを注ぎ、スプーンで飲ませている」

ツァーリの説明に驚いたのは潤だけではなく、可畏も信じられずに一層耳を澄ませた。

ミハイロが、「ボク、ノム、タクサン」と補足する。どうやらジョークではないらしい。

「そ、そうなんだ？　まあ、たくさん飲めばカロリーは足りるんだろうけど」

先日やっと慈雨と倖の離乳に成功した潤は、当たり障りのない言葉を返す。

人間の五歳児相当の体と、美しく揃った歯を持つミハイロが粉ミルクしか摂っていないのは不自然で、潤としては「他の物も食べてみようよ」といいたいところだろう。

実の母親という立場でありながらも、他人が育てている子だからと遠慮しているのか、潤は何も提案せず「濃いね、ほとんどペーストだ。慈雨と倖も、つい最近までこういうのを飲んでたんだよ」とミハイロに語りかけていた。

「コウニーサン、ボク、オンナジ？」

「ああ……うん、今も少しは飲むけど、一応離乳したんだ。倖はね、ササミとか、卵を混ぜたお粥（かゆ）が好きなんだよ。あとはフルーツと、ミルクに浸したパンやシリアルも好き」

粉ミルクを自分で溶いていたミハイロは、無表情ながら聞き入っている。

キッチンカウンターの上にあったパンを指差し、「コレト、ミルク？」と訊いた。

「そうそう、パンを千切って温めたミルクに浸すんだ。ひたひたに浸けるってこと」

まだわからない言葉も多いのか、ミハイロは「ヒタス、ヒタヒタ、ツケル」と発音する。

潤は実際にパンを手にして千切ると、「ひたひたに浸すって、こんな感じ」と実践しながら、「ちょっと食べてみる？　無理しなくていいけど」とミハイロに離乳を促した。

潤が用意した小皿を使い、ミハイロは恐る恐るミルクの染みたパンを食べる。

相変わらず基本は無表情だったが、ミハイロは「オイシイ」といって興味を示し、「ボク、コウニーサント、オンナジ、シタイ」と希望を明らかにした。

微笑ましく美しい親子から少し離れたコンロでは、ツァーリがブリヌイを焼いている。

紫の瞳は潤に向けられていて、可畏や双子がいるこちらを見ることは一切なかった。

空間は三対三に分かれ、潤もほとんど向こう側に入り浸っている。

時々こちらに目を向けて「ごめん」といいたげな顔をするものの、使い慣れないキッチンで食事の支度をしながらミハイロとコミュニケーションを取っているため、なかなかこちらまで気が回らないようだった。

「可畏、ほんとに何も要らないのか?」

朝食の支度が済み、可畏は慈雨と倖をベビーシートに座らせる。

潤から珈琲（コーヒー）を勧められたが、子供が引っ繰り返すといけないのでやめておいた。

可畏は元々潤の前では肉や魚を摂らないため、自分だけ食べない状況には慣れている。

今日もあとで生餌と落ち合い、美味な血液を摂取して、それから最上の和牛とフォアグラをシェフに調理させる予定でいる。昼食は庶民的にザンギとジンギスカン、それからエンガワとウニとサーモンを飽きるほど食べたい。夕食はホッケとホタテとカニの炉ばた焼き風。食後は生餌の血液を飲み、そのあとは竜寄牧場の特製ヨーグルトとソフトクリームを潤と一緒に食べたいと思っている。慈雨は冷たい物に耐性があるが、倖は少量にした方がいいだろう。

昼食時には薄味のカニ汁か、とろみをつけたカニのスープを作らせて、子供達三人に与えてみようかと、可畏は独り黙々と考えていた。

「ミハイロ」と、可畏から最も遠い席に座っているツァーリが、隣のミハイロに声をかける。

「急にパンを食べて問題ないのか？　くれぐれも無理をしないように」

ミハイロはツァーリと潤の間に座り、パンを千切って濃厚な粉ミルクスープに浸した物を、スプーンで掬って食べていた。

ミハイロが「ボク、ヘイキ、コウニーサン、オンナジ」と嬉しそうに答えるのを、潤はよく似た顔で見つめている。表情まで似ていて、とても幸せそうに見えた。

——純然たる笑顔は本当によく似てる。色違いってだけで、明らかに親子だ。

慈雨を見ていても潤と似ていると感じることはあるが、約一歳児の見た目の慈雨は、今現在そっくりというわけではない。潤との血の繋がりを感じられて、「大きくなったらそっくりになりそうな顔立ち」というのが正確な表現だ。

対してミハイロは、今すでに潤に迫るものがあった。

——ミハイロの肌が俺側の色でよかった。これで白人だったら俺の血がまるで感じられない。卵入りのパン食ってるし、肉食竜人ではあるんだろうが……。

可畏はミハイロの肌の色を心から喜びつつ、隣に座っている慈雨と、その隣の倖に離乳食を摂らせる。

基本的には食べることを好む子供達だが、慈雨は飽きると食べ物で遊ぶような真似をして、潤に叱られることが間々あった。

倖も少し頑固なところがあり、気に入らない物だと一口食べるなり「いーの」といって徹底拒否をする。何が嫌なのか本人も親もわからないので、試行錯誤の日々だった。

「ミークパン、おいちねー。ミロくん、おいち？」

「ウン、ミルクパン、オイシイ。ボク、ダイスキ」

可畏が意識せずにはいられない三対三の境界線を悠々と越えて、倖はミハイロに話しかけ、ミハイロもまた、倖に関わる時だけは幼気（いたいけ）な子供の顔をする。

ミハイロと潤以外には興味がなさそうなツァーリも、目の前に座る倖に「君は優しい子だな、ミハイロのよい兄だ」と微笑みかけ、わかりやすいよう「よい兄さんだ」といい直した。

そのうえ、「これからもミハイロと仲よくしてやってくれ」といったので、倖は「はーい。コーね、なかいくしゅるよ。らってミロくんのにーたんらもん」と嬉々として答える。

その瞬間、慈雨がバシンッとテーブルを叩いた。

器に入れてあったシリコンスプーンの端に指先が触れ、それはベビー用の冷製海鮮ゼリーを散らしながら飛び上がる。

「コーたんは、ジーウのおとーとよ！　にーたんちあうもん！」

「こら、慈雨！　食事中に暴れちゃ駄目だろっ、なんか飛んできたよ！」

潤が叱った時にはもう、空中のスプーンは可畏の手の中だった。

持ち前の動体視力と反射神経ですぐにキャッチしたが、ゼリーの欠片やスープはあちこちに飛んでしまい、潤は席を立って拭き始める。

こんな時は他人優先になって当然ではあるが、身を伸ばしてツァーリの前を真っ先に拭き、「すみません、大丈夫ですか？　服にかかってませんか？」と甲斐甲斐しい潤を見ていると、胸に燃え立つものがあった。

「大丈夫だよ、なんでもない。慈雨、君が一番上の兄……兄さんだというのに、後回しにして失礼したね。ここにいるミハイロは君の弟だ。倖の次でいいから、ミハイロのことも弟として可愛がってやってくれないか？　今日も明日も、三人で仲よく遊んでほしい」

ツァーリは慈雨の行為に嫌な顔一つせず、一個人として尊重した発言をする。

フヴォーストの存在や、ツァーリが如何に強いかを誰かに教えられるまでもなく、その影の大きさを目にして特別な竜人だということを察していた慈雨は、「いーよ」と即答した。

その顔は実に得意げで、ツァーリに頼み込まれる自分に価値を見いだしているのがわかる。

「ジーウ、いっちゃんにーたんらもん。ミロくんと、あしょぶよ。れもね、コーたんはらめ。コーたんはね、ジーウとあしょぶの。ジーウと、なかいくしゅるの」

即答したわりに根本的なところは譲らない慈雨に、可畏は同調せずにはいられなかった。

愛する者を共有することなど許せない慈雨の独占欲が、痛いほどよくわかる。

「慈雨、今日の遊びのリーダーは慈雨じゃないから、そんなふうに仕切らなくていいよ。俺も交ざるからリーダーは俺です。皆で仲よくできる、いい子としか遊びません」

潤は「三人で仲よく遊びなさい」とはいわずに、「一緒に遊びたいけど、無理かなぁ?」と明後日の方を見て呟いた。

「潤、よかったらホーストレッキングをしないか? 一歳児連れでも乗れるよう、特別に話をつけてある。馬とはいえ北海道和種馬だから背は低いし、心配は要らないよ」

「……え、馬に乗るんですか? 北海道、和種馬?」

ホーストレッキングなどと、竜人らしからぬことをいいだすツァーリを睨みつけながらも、可畏は「道産子(どさんこ)のことだ」と説明する。

潤は「え、道産子って北海道出身の人のことじゃないのか?」と訊いてきて、慈雨と倖が「どちゃんこ?」と声を揃えた。続くミハイロは、「ドサンコ?」と正しく発音する。

「北海道生まれの人間って意味もあるが、この場合は北海道和種馬、日本の在来馬のことだ。スタイルのいいサラブレッドとは正反対で、小柄で背中の位置が低いから乗りやすい」

「へぇ、それなら俺でも乗れそうだな」

「お前は運動神経がいいからサラブレッドでも余裕だろ。まあ、子供には道産子がいいな」

ツァーリの提案を受け入れるような可畏の発言に、潤は「うんうん」と大きく頷く。

六人全員でホーストレッキングに行けると、信じて疑わない顔だった。

――俺が馬に近づくわけにはいかねえこと、忘れてるな。

もうだいぶ前の話だが、可畏は潤を牧場に連れていったことがある。

その時に話したが、超進化型ティラノサウルス・レックスの遺伝子を持ち、その影を常に背負っている可畏は、動物に恐れられる存在だ。賢い草食動物ほど反応しやすく、馬に至っては近づくだけで怯え、酷い場合はストレスで体調を崩してしまう。

「マーマ、どちゃんこ、のるの？　コーも？」

「ジーウものるお！　どちゃんこ、なーに？」

在来馬だのサラブレッドだのいわれてもよくわからない子供達は、それでも何かに乗るのはわかっていて、「ジーウ、のるお！」「みーなでのるのねー」とはしゃいでいる。

「ボク、コウニーサント、ノル。レッスン、タクサン」

「ミハイロは君達と一緒に乗りたくて乗馬のレッスンに励んでいたんだ。筋がいいんだよ」

ツァーリの褒め言葉に、ミハイロは特に表情を変えることはなく、こくりと頷いた。

「そうなんだ、凄いねミロくん！」と褒めた潤は、慈雨と倖に「道産子はね、馬なんだって。お馬さん、ヒヒーンって鳴くんだよ」と説明する。

「おうましゃん！　コー、おうましゃんしゅき！」

「ジーウもしゅきよ！　イヒーン！　イヒーン！」

可畏の頭の中には、潤が慈雨と共に馬に跨り、ミハイロが倖と乗る光景が浮かんでいた。

子供達の世話係として生餌を使う手もあるが、いなくても問題はないだろう。万が一落ちても竜人の子供にとって危険な高さではなく、倖はいざとなれば宙に浮けるので無理は感じなかった。

「まさかアンタは行かないだろうな」

可畏が当たり前のこととしてツァーリに問いかけると、彼は不思議そうな顔をする。

「私も行くつもりだが、何か不都合でも？」

「——っ、馬に近づけるのか？」

可畏が思い描いた光景にツァーリは存在せず、自分と同様に離れた場所で待機するとばかり思っていた。こうして建物の中に一緒にいるとお互いの影が重なるうえに、壁や天井からはみ出るのであまり感じないが、彼が背負う影は自分のそれより遥かに大きい。

「あっ、そうだった！　可畏、馬は駄目なんだよな！」

可畏の発言でようやく思いだしたらしい潤が、「ごめん、気づかなくて！」と謝る一方で、ツァーリはそんなことは百も承知のくせに驚いた顔をする。

「君は馬が苦手なのか？」と、惚(とぼ)けたことを訊いてきた。

「俺が苦手なわけじゃねえ、馬が俺を恐れるんだ」

「ああ、なるほど、肉食竜人は大変だな。エリダラーダはサバーカが多いので忘れていたよ」

「影を持たないサバーカでも、肉食系だと恐れられると聞いたことがある」

「確かに過敏な馬は気づいてしまうが、レアケースだ。そういう馬でも時間をかければ馴らすことができるし、大した問題ではないよ。真心を籠めて世話をすれば伝わるものだ」

「サバーカの場合は、だろ」

「これは失礼、不快な気分にさせてしまったかな？」

ツァーリは罪のない顔をして謝りつつも、優雅に微笑む。

乗馬ができないという事実は、人としては伏せておきたい、御曹司にあるまじき恥ずかしいことだと認識している可畏だったが、竜人としてはプラスに捉えてきた。

やりようによっては手懐けることもできるといった主張をされると、無能だといわれているようでこめかみがひくつく。「影すら持たない奴らと一緒にするな」といってやりたいくらいだが、慈雨も倖もミハイロも恐竜の影を持たず、今のところ変容もできない。

三人揃って一応サバーカであり、日本語でいうなら『なりそこない』という括りになる。

子供を持つ前のように、露骨な差別発言はできなくなっていた。

「あ、あの……俺、うっかりしててすみません、馬に乗るのはやめて何か他のことしましょう。ホーストレッキングじゃなくてカヌーとか、釧路湿原まで戻って観光列車に乗るとか、六人で一緒に楽しめるのもありますから」

潤ならそういうことをいってくれるのではないかと、少しばかり期待していた可畏は、期待以上の言葉を耳にして喜び、その一方で自己嫌悪に駆られる。

慈雨も倖も馬に乗りたいといい、ミハイロに至っては乗馬のレッスンに励んできたといっていたのに、子供達の気持ちを無視していた。自己都合にもかかわらず外されるのを嫌うのも、優先されるのを願うのも、親としてあるまじき子供染みた感傷だ。

「潤、子供達をホーストレッキングに連れていってやれ。仕事を放りだしてきたんで、今日はやらなきゃならねぇことが山ほどある」

「え、でも……」

「道産子はポニーみたいなもんだ、子供が乗るにはちょうどいい」

馬に乗れないどころか近づくことすら避けなければならない可畏は、自分が思い描く理想の父親を意識する。潤が思いだしてくれたから……そして期待以上のことをいってくれたから、拗ねて突慳貪な態度を取らずに身を引くことができた。

「パーパ、おうましゃんちないの？」

慈雨を間に挟んで座っている倖が、眉をハの字にして訊いてくる。

可畏が「俺は留守番だ。気をつけて楽しんでこい」と答えると、倖は首を横に振った。

「コーね、パーパといっちょにいりゅの、おりゅすばんよ」

「コーたん、おりゅすばん!?　ジーウも！　ジーウもおりゅすばん！」

「……コウニーサン、オルスバン、ボクモ、オンナジ」

倖に続いて慈雨もミハイロも続き、一度は驚いた潤が目を細める。

「可畏、モテモテだな」

「いや、モテてるのは倖だろ」

「そんな倖にモテてるんだから、やっぱりモテモテだよ」

潤は安心した様子で笑い、慈雨と倖が「おっりゅすばーん、ばんばーん」と歌いだす。

ツァーリには面白くない展開だろうが、それを顔に出すような男ではなかった。

「君は愛されているな」と、余裕の笑みを浮かべているのが憎らしい。

千年の時を生きた男と十八の身で張り合うのはさすがに愚かしいと思いつつ、可畏もまた、余裕の笑みを作り上げた。

「気持ちはありがたいが、仕事があるんだ。一緒に留守番してくれても構ってやれねえから、外で遊んできてくれ。潤のいうことをよく聞いて、いい子にするんだぞ」

主に倖にいい聞かせた可畏は、自分の表情が作り物ではないことに気づく。

努めて作ったつもりだったが、そうでもないのだ。

ツァーリと同じ屋根の下で寝起きし、同じテーブルに着いている状況も、独り別行動を取ることも本意ではないものの、潤と優しい息子に恵まれて、自分は十分に幸せだと思った。

《八》

艶やかな被毛を持つ脚の長いサラブレットが似合いそうなツァーリは、牧草地をゆっくりと歩く道産子を愛でつつも跨ることはなく、自分の足で歩いていた。

馬はツァーリを恐れなかったが、容貌魁偉な彼はウエイトを気にして馬に遠慮したのだ。

元々は荷馬なので問題ないと知りながらも、「気が咎めて」と気遣う彼の優しさに馬は喜び、恐れないどころか慕っていた。

――いい人なんだよなぁ、トレッキング中はミロくんより慈雨や倖のこと気にかけてくれて、疲れてないかとか飽きてないかとか、声かけて様子見てくれてたし……そもそも馬に好かれる人に悪い人はいないよな……いや、好かれまくりな自分が善人だっていいたいわけじゃないし、好かれない可畏が悪人ってわけじゃないんだけど……。

子連れのためホーストレッキングを短時間で終え、出先で軽い昼食を摂った一行は、すでにホテルに戻っていた。

潤は厨房の生け簀に浸かる慈雨を硝子越しに眺めつつ、仕事に勤しむ可畏を想う。

肉食竜人である以上、可畏には血肉が必要で、どうしたって彼は馬に嫌われる。

食に関しては求める物が自分とまったく違ったが、それでも潤は彼を好きになった。

馬に近づけないため居残りを選び、ミハイロの気持ちを優先した可畏のことを立派な親だと思ってはいるものの、潤が望んでいたのは可畏と共に過ごすことだ。

可畏が外れる分、ツァーリも外れて子供三人と自分だけになるならまだいいが、可畏だけが外れる状況は望んでいなかった。

そのわりに朝の時点できちんといえず、可畏をホテルに残して、ツァーリと五人で行動したことを悔やんでいる。

「マーマ、ジーウここやーよ」

生け簀の端から端まで三十分ほど泳いでいた慈雨は、ぷかりと浮くなり唇を尖らせた。

潤の顔を睨みつつ、濡れた金髪が張りついた丸い頭を左右に振る。

「ここ嫌なのか？　水質は普段通りのはずだけど、やっぱり狭い？」

「んっ、ここね、ちっさーれしょ。ジーウ、よーくとね、おててね、うんとね……うーん」

「──泳ぐと、バーンってぶつかる？」

「んーん、ばーんちないよ。れもね、れも……よーくの、やーの」

「ああ、ぶつかりはしないけど、窮屈だから思い切り泳げなくて嫌なんだな？」

「んっ！　やーの！」

何が不満なのか説明できない慈雨の気持ちを察した潤は、さてどうしようかと頭を捻る。

ホテルには室内温水プールがあるものの、それを海水で満たすことはさすがに難しいので、塩素を入れた普通の水しか入っていない。

「慈雨、このホテルの地下にはプールがあるんだって。お風呂ほどじゃないけど、あったかい水のプール。しかも海の水じゃないんだけど、それでも広い方がいい？」

「プール！　ジーウね、プールいく！　うんとね、こーやってよける？」

こうやって泳げるかと訊きながら、慈雨は生け簀の真上に両手を伸ばす。

それを左右に大きく、平泳ぎの要領で開きながら空を掻き、伸び伸び泳げるなら泳ぎたいと訴えていた。

「海水じゃないけど、思い切り泳げるよ。あ、そうだ、ミロくんも誘おうか。ミロくんは海で孵化したから泳げるんだよ。倖は入らないと思うけど、一緒に来るんじゃないかな」

「やーよ、ミロくんいーの。コーたんらけよ」

「慈雨、そうやって除け者にしないよ。仲間外れは駄目。ミロくんはいい子だよ」

「いいこはジーウらもん！　ジーウがいっちゃんいいこれ、いっちゃんかあいーの！」

「可愛いのは皆可愛いよ、皆一番だっていってるだろ。いい子は仲間外れしないんだよ」

潤が窘めると、慈雨は露骨に不満げな顔をして生け簀に潜ってしまう。

潤には二つしか違わない妹がいるので、慈雨の気持ちがわからないわけではなかった。

相手の性格など関係なく、自分の大切なものを奪う存在に危機感を抱くのは正常な反応だ。

生まれたばかりの弟が自分を抱っこできるほど大きいという逆転現象を、なんの疑問もなく受け入れている倖が変わっていて、慈雨はむしろ普通といえる。

「倖くんが天使過ぎるから時々わかんなくなるけど……だんだん大きくなる母親のお腹を見ていたわけでもなく、いきなりポーンと『はい弟です』とかいわれても抵抗あるよな。見た目は如何にも兄弟だけど、ミロくんのが四つくらい年上に見えるし」

呟いたところで聞こえそうにない水中の慈雨に向かって、潤は「ごめんな」と謝った。

慈雨は水に入ると嫌なことを忘れるところがあり、タコ顔をして昆布ダンスを踊りだす。

頑固だが、しかし単純でもある慈雨を見ていると、潤はますますミハイロと慈雨をプールに行かせたくなった。

「潤、独りで何ブツブツいってんだ？」

慈雨に向かって変顔を返していると、厨房の入り口から可畏の声が聞こえてくる。

こんな所で会うと思わなかった潤は、「ただいまっ」と慌てて返した。

可畏は着替えを済ませたミハイロと倖を連れていて、倖の手はミハイロが引いている。

「お前より先にツァーリから『ただいま』をいわれるとは思わなかった」

「ごめんごめん、慈雨を海水に浸けるのが先かなーと。わりと陽射し浴びちゃったから。あれ、ツァーリは一緒じゃないんだ？」

厨房に入り込むのは三人と暴君竜の影のみで、ツァーリの影は見当たらない。

可畏の代わりにミハイロが、「ツァーリパパ、エンリョスルヨ、イウ」と答えた。

どういうやり取りがあったのか概ね理解した潤は、笑顔を抑えて微苦笑に変える。

「そっか、ホーストレッキングに行けなかった可畏のこと、気遣ってくれたんだな」と無難に返し、それ以上のことはいわなかった。

ミハイロの手前、「五人になれて嬉しい」とはいいにくく、可畏の手前、「いいパパだね」ともいえず、浮き立つ心を顔には出せない。

「可畏、慈雨がプールで泳ぎたいみたいなんだ。皆で行かない？」

「ジーウよくよ！　いっちょにいーよ！」

生け簀から勢いよく顔を出した慈雨は、「一緒に泳いでいいよ」と誘っているようだった。

倖が泳がないことはわかり切っているため、ミハイロに向かっていっている。

「ミロくん、慈雨が『プールで一緒に泳ごう』って。倖はプールサイドで見てるだけだけど、それでもいいかな？　慈雨と一緒に泳いでくれる？」

慈雨が振られて臍を曲げないよう、潤はやや押してみる。

ミハイロは迷った顔をして、手を繋いでいる倖の顔を見下ろした。

「ミロくん、よくの？　コーね、らめなの」

「あのね、倖は泳げないいんだけど、泳いでるミロくんの姿を見てみたいって」

倖はそんなことはいっていなかったが、さらに押した潤に従い、倖は「うん、みちゃい」と乗ってくれる。内心ガッツポーズをした潤の期待を、ミハイロは裏切らなかった。


厨房をあとにした五人は、ホテルの地下一階にある温水プールで午後のひと時を過ごす。

地下とはいえ天井の半分ほどは光を通し、青々とした空と湿原の緑を眺めることができた。

プールその物よりもプールサイドに重きを置いているのか、プール以外の面積がとても広く、黄金のライオン像や女神像、大理石のテーブルが置かれている。

施設内がもわっとした空気に満ちていることもあり、ローマ時代の王宮の浴場を思わせる、華美な印象を受けた。おそらく可畏の母親の趣味だろう。

そこに可畏好みのモダンな黒い籐のソファーが加わっているものの、特に違和感はなかった。

黄金と黒は相性がよいせいか、母子の関係とは異なり、調度品は喧嘩せずに調和している。

「マーマ、ミロくん、よくのじょーずねー」

潤と可畏はプールに入らず、倖を間に挟んで慈雨とミハイロを見守っていた。

倖のいう通りミハイロは泳ぎが上手いが、さすがに慈雨には敵わない。

ミハイロの泳ぎは人間として素晴らしく、水泳教室の先生などが見たら、「この子は才能がある」と太鼓判を押して選手育成コースに推薦するくらいのレベルだと思われた。

　一方で慈雨は、泳ぐというよりは息をするように当たり前に水に馴染んでいて、魚と同じく、ほとんど動かず推進力を発揮する。

　骨密度からしてヒトとは違い、潜水も思うままだった。

「ミロくんは特に悔しそうでもないし、慈雨が勝ってることがあってよかった」

　倖がキャッキャッといっている間に、潤は可畏の耳元で囁く。

　可畏はぴんとこなかったようで、少し考えてから「それは、乗馬と比べてってことか？」と訊いてきた。

「うん、ホーストレッキングはミロくんの独壇場だったから、ちょっとかわいそうで。慈雨はまだ小さいし、俺に支えられて乗ってるしかないだろ？」

「だからプールに誘ったのか」

「うん……同じことすれば親近感も湧くだろうし、慈雨が自分の能力を生かしてリードしてる面をミロくんに見せられるかと思って。慈雨の性格的に、倖の前でいい恰好しないとプライド保てないだろ？」

「男って感じだな」

「持ち上げて育て過ぎたかな？　まあとにかく、手っ取り早く仲よくなるには一緒に泳がせることかなぁと思って。ほら仲よく遊んでるし」

　最初は適当に泳いでいた二人は、いつの間にか水素ガス入りのボールで遊んでいた。

足のつかないプールでミハイロがボールを打ち上げ、ふわふわ浮いてゆっくりと落ちてくるボールに向かって慈雨が潜る。

訓練されたイルカのように水面から飛びでた小さな手が、ボールの底を見事に打った。

見た目に反してスパンッと強く打ち上げると、今度はミハイロが泳いで取りにいく。

「ミロくん、ばんばって！　あっちよ、あっち！」

倖の声援を受けたミハイロは、ギアを上げて勢いづいた。

どう考えても水の中では慈雨が有利だったが、懸命にボールを追い、指の先がギリギリ届く状態から打ち上げる。

おそらく失敗だったが、ボールを上げてすぐに場を譲ればセーフ……という暗黙のルールがあるようで、垂直に上がったボールに向かって慈雨が一気に泳いできた。

「ジーくん、しゅごい！　ミロくん、ばんばって！」

「あ、あれ？　なんか、遊びじゃなくなってない？」

同じ肌の色をした手が、水面に飛びだしてはボールを打ち、ラリーが続く。

潤から見て、もう絶対に無理だろうという場所に飛んでいっても余裕で拾えてしまう慈雨と、ゼイゼイハァハァ……と激しく息を乱しながらも拾うミハイロのボール遊びは、白熱した水上バトルになっていた。

「ミロくん、苦しそうだけど大丈夫かな？　意外と負けず嫌い？」

「慈雨が男ならミハイロも男だ。好きな子の前では恰好いいとこ見せたいんだろ」

「好きな子って、倖とは兄弟じゃん」

「まだ子供だからな、兄弟も雄雌も関係なく、自分の存在を真っ先に受け入れてくれた可愛い子に好意を持ったんだろ？　そもそも負けず嫌いじゃない竜人なんていない」

可畏の言葉通り、ミハイロは命懸けの戦いのようにボールに食らいつく。

澄ました表情はすっかり変わっていて、落としたら死にそうな必死さだった。

「ミハイロはクールに見えて熱いんだな。バスケをやってる時のお前みたいだ」

「いや、俺は、現役の時でさえあんなに頑張れてないかも」

これはもうやめさせるべきでは……と思った矢先、慈雨が一際強くボールを打つ。

高く上がったボールはフラッグロープに当たり、五メートルラインを示すフラッグが一斉に揺れた。

ボールの軌道が変わったが、その前に泳ぎだしたミハイロは気づいていない。

「あ……違う、そっちじゃない！」

頑張っていたミハイロが負けそうになった途端に、潤は手に汗握ってミハイロを応援する。

籐のソファーに座っていた可畏と倖も身を乗りだし、倖に至っては「ミロくん！」と悲痛な声を上げていた。

「あ……っ、え⁉」

ボールの底が水面に迫り、勝敗が決したと思った次の瞬間、ボールがふっと浮き上がる。

フラッグに当たった時と同じく、それは急に軌道を変えてミハイロに向かっていった。

何もないにもかかわらず宙で止まり、くいっと曲がってミハイロの前に落ちたのだ。

そして絶妙なタイミングでミハイロが水から顔を出す。

やった、どうにか間に合った――と思ったであろう彼は、ボールの底をスパーンッと小気味よく叩き上げた。

ミハイロにしてみれば当たり前のことを……予想した場所に落ちたボールをこれまでと同じように上げただけだったが、その不自然さに、慈雨は当然気づいている。

「らめ！　らめよ！　コーたん、ルルしちゃらめ！」

ズルといいたいらしい慈雨が叫び、ミハイロは動きを止めた。

高く上がったボールが弧を描いて落ちても、誰も追いはしなかった。

「コーたん、らめれしょ！」

水を掌でバシバシと叩きながら、怒(いか)れる慈雨が抗議する。

何が起きたのかわかっていなかったミハイロは、倖を見るなりすべてを察したようだった。

倖は両手で顔を覆い、「めんね……っ、ジーくん、めんねっ」と謝りだす。

真剣勝負を邪魔してはいけないことは子供ながらにわかっていて――おそらくこれまでは、能力を使わずに我慢していたのだろう。

倖には飛行能力と物質を宙に浮かせる力があり、過去には数百キロあるベッドを浮かせたり、生餌達を空に逃がしたりと、優れた力を見せてきた。

水素入りのビーチボールを操るなど朝飯前で、不利ながらに頑張るミハイロのために、ついやってしまった気持ちは潤にもわかる。

「ルルはらめ！　ジーウのかち！　ジーウのかーちっ！」

ボールはすでに水に落ち、疲れ果てたように浮いていた。

勝ち名乗りを上げる慈雨は、しかし嬉しそうではなく明らかに怒っていて、倖は「めんね、めんねっ」と繰り返す。

ミハイロは肩より上を水から出したまま、一層激しく息を乱した。

「可畏……なんか、ミロくんの唇、青くない？」

潤がミハイロの変化に気づいた時にはもう、可畏はソファーから立ち上がっていた。

「肌の色もおかしい」と答えながら急いで服を脱ごうとする可畏を、潤は慌てて止める。

万一のために、服の下に水着を着ているのは潤の方だった。スピノサウルスの血で人魚化が可能になった潤は、親水性に於いては人間離れした能力を持っている。

「様子が変だし、俺が行く！」

潤は服を脱ぎながらプールに駆け寄り、コースロープのない水面に向かって飛ぶ。

ぴたりと揃えた指先が水に触れる寸前、強い違和感を覚えた。

このプールに来た時、潤は「もわっとしてサウナみたいだな」といい、水に触れた時は、「ほとんどお湯だな」といったのだ。それが率直な感想だったのに、今は妙に涼しい。

——う、わ……何これ⁉　冷た……ぃ、冷たい⁉

指先からプールに滑り込むや否や、全身に強い刺激が駆け巡る。

冷たいのか痛いのかよくわからない感覚だったが、微温湯のような水温を覚悟していた体が吃驚して、予想外の水温に心臓がキューッと引き絞られた。

普通の人間だったら心臓麻痺で死にかねないほどの温度差だ。

何しろ、潤が知っている平均的な水よりもさらに冷たい。

瞬時に人魚化して青色に変わった目を見開くと、水中に氷の粒が広がっているのが見えた。

肌に触れる水は、半ばシャーベット化している。

「ミロくん！　ミロくん大丈夫⁉　慈雨、氷っ、すぐ……と、融かしなさい！」

一旦潜ってすぐに水から顔を出した潤は、大混乱の中で怒号を上げる。

ミハイロに向かって水を掻き、狼狽えながらも心の片隅で「飛び込んだのが可畏じゃなくてよかった」と、確かに思っていた。冷たい海水に耐え得る体になった自分だからこそなんとか無事でいられるが、可畏の体にはダメージが大きいはずだ。

「可畏！　氷水になってる！　絶対飛び込んじゃ駄目だ！　倖とそこにいて！」

潤は可畏が追ってこないよう、叫びながらミハイロを抱き留める。

冷水と同じくらい冷え切った体は、近くで見ると青みを帯びていた。

唇は変化がわかりやすく、目を疑うほどの紫色に変わっている。

「ミロくん！　ミロくん！」

つい先程まで、あんなに精力的に泳いでいたのが嘘のようだった。

ミハイロの気力と体力は完全に失(う)せていて、残っているのは生存本能による力だけ……潤の腕に縋(すが)りつく力しかない。

「ミロくん！」

荒かった呼吸も浅くなり、今は怖いくらい静かだった。

慈雨や倖と比べれば成長した体だが、まだ細く頼りない子供には違いなく、冷水に縮こまる身は樹脂製のマリオネットのように思えてくる。

濡れた銀の髪が張りついた瞼(まぶた)は痙攣(けいれん)を起こし、唇と共に震えていた。

「ミロくん、ミロくん、ごめんね……っ、水、こんな、冷たいの、気づかなくて……！」

辛うじて爪先が底につく潤は、ミハイロを抱き締めながらプールサイドへと急ぐ。

不安と不甲斐なさに涙が溢(あふ)れ、冷たい水とは裏腹に頬が熱くなった。

倖が孵化した時、溺れて卵から出てこなかったのを思いだす。

あの時と同様に視界が歪(ゆが)み、狭まって、待ち受ける可畏の姿以外は何も見えなくなった。

この子にもしものことがあったらと、考えるだけで血の気が引く。

可畏に引き渡す時にはもう、シャーベット状だった水は融けていて、慈雨が「ビエェーッ！　マーマ！　マーマ！」と泣き喚く声が聞こえてきた。

「可畏……っ、お願い！　温めてあげて！」

「潤、大丈夫だ！　あとは俺に任せて慈雨を！」

「マーマ！　マーマァ！」

「慈雨！」

潤はミハイロを可畏に託し、ギャンギャンと泣いている慈雨に向かって泳ぎだす。

水を掻くたびに後悔の渦に呑み込まれ、進んでいるのに沈んでいくようだった。

倖と同じ陸棲竜人だとわかっていたのに、何故もっと慎重にならなかったのだろう。泳いでロシアに渡ったと聞いていて、慈雨と大差がないくらい泳ぎ慣れていると思い込み、油断していた。

慈雨が冷たい水を好むことも、温水プールは今日が初めてだということもわかっていたのに、悪気なく自分好みの水温に変えてしまう可能性を考えていなかった。

──俺がプールに誘ったせいだ……せめて一緒に入ってればすぐ気づけたのに……っ、俺は、可畏と一緒にいたくて……可畏と色々話したくて、向こうに残って……。

子供を適当に遊ばせて、恋人を優先する無責任な親にはなりたくなかったのに、それ以外の何ものでもないようなことをしてしまった。

ホーストレッキングに行けなかった可畏をフォローしなきゃとか、尤もらしい言い訳をして、プールに入るか入らないか迷う自分に楽な道を与えていた。

「フギャァァーンッ……マーマ、マーマ……ァ、マーマーッ！」

「慈雨……っ、ここにいるから！　そんなに泣かないで……きっと大丈夫、大丈夫だから……わかってるから、意地悪でやったんじゃないって、皆ちゃんとわかってるから！」

プールの真ん中で大泣きしている慈雨を抱き上げ、濡れた金髪に顔を埋める。

自分好みの水温が他者を苦しめることを理解していなかった慈雨を、頭ごなしに叱る気にはなれなかった。

絶対にやってはいけないことをきちんと教育できていなかった親に責任があり、ミハイロが体調を悪くしたのも、慈雨がショックを受けて大泣きする破目になったのも、すべて自分が招いた結果だ。

「ミロくん、慈雨……ごめん、俺……」

「潤、大丈夫だ。ミハイロは大丈夫だ」

「可畏……っ」

プールサイドでは、上半身裸になった可畏が膝立ちしてミハイロを抱き締めていた。

バスローブで包み込んで、大きな手で体を摩る。

ミハイロはぐったりとしながらも意識があり、自分の足で立とうとしていた。

物いわぬ紫の双眸は傍らの倖に向かっていて、「僕は大丈夫」といいたげな光を放つ。言葉はなくとも、そこには意思の疎通があるように見えた。

今でも「めんね、めんね」と謝りながら啜り泣く倖を、「ゲームのことは気にしないで」と宥めたいのかもしれない。

それとも好きな子に雄としての強さを見せて、「このくらい僕にはなんでもないよ」と訴えたいのだろうか。

本当のところは潤にはわからなかったが、ミハイロは膝をがくがく震わせながらも頽れず、確かに自力で立っていた。

目の色と同じくらい紫色になった唇の両端を吊り上げて、倖だけを見ている。

そして、「コウニーサン、ボク、ダイジョブ」と、誇り高い笑顔でいった。

《九》

冷水プールで体調を崩したミハイロは、意識こそあるものの四十度を超える高熱に見舞われ、潤が付き切りで看病に当たっていた。

予定では丹頂湿原展望台から夕陽を眺めるはずだったが、もちろん中止されて誰も出かけず、夕食も各自簡単に済ませる。

「ミロくん、他に何か欲しい物とかない？」

潤はホテルの二階にあるミハイロの部屋に詰め、熱過ぎる額を冷やしたり汗を拭いたりと、人間の子供と同じように世話をした。

念のため竜人病院の医師に相談して、乳幼児でも使える解熱剤を呑ませ、点滴代わりに経口補水液で水分を摂らせる。人間との違いは、粥ではなく粉ミルクのペーストを食べさせることくらいで、概ね潤の知識でも事足りていた。

「大丈夫？　俺の声、聞こえてる？」

「……エ、テル。ホシィモノ、ナイ……ダイジョブ」

天蓋の付いたベッドの上で、ミハイロは掠れた声を絞りだす。

余計な質問をしたために、答えるという無理をさせてしまったことを悔やみ、潤は「ごめん、喉が痛いのに答えてくれてありがとう」と謝罪と礼をいった。

ツァーリからは「他人行儀に謝らないでくれ、余所の子ではないんだよ」といわれ、あまり謝り過ぎないよう気をつけているものの、どうしたって謝らずにはいられない。

自分の越度でこんな事態になったのに、ミハイロのためにしてあげられることが何もなく、誰にも責められないのが酷く気まずかった。

――責められたらつらいだろうけど、謝る相手がいないと収拾がつかなくなる。結局それは、謝って許されるプロセスを経て決着をつけて、自分が楽になりたいだけなのかな。

他には誰もいない部屋で、潤はミハイロの額の汗を拭う。

倖の目があるとミハイロは無理をしてしまうようなので、今は引き離していた。

慈雨の教育に関しては可畏に任せてある。

慈雨はすでに理解しているだろうが、プールの水温を変えると何がどう問題なのかを説明し、明日ミハイロに謝るよう指導しているはずだ。

ツァーリは入浴のために出ていき、巨大恐竜の影はこの部屋にも入り込んでいる。

存在感がありつつも不在という状況は、寮にいる時と似ていた。仕事で書斎にいる可畏の動作によって、暴君竜の影が部屋を過ぎったりして、「あ、いる」と楽しくなることがある。

潤は恐竜の影を意識せずに暮らす癖を身に着けていたが、可畏と離れている時はセンサーが敏感になるのか、可畏の影だけくっきり濃く見えるような感覚があった。

──見えても全然楽しくない、ツァーリの影……可畏とは何もかも違う。でもたぶん、見えなかったら見えなかったで不安になるんだ。今ここにミロくんと二人だけって感じたら、俺はおろおろして、容体が急変した時どうしようって、心配で落ち着かなくなる。一応母親なのに、この子のこと……一番知ってるわけじゃない。

照明をやや控えめにした部屋で見ると、ミハイロはますます慈雨に似て見えた。まるで慈雨の数年後の姿のようで、以前からよく知っている子供に思えてくる。けれどもそれは錯覚で、実際には余所の子供と変わらないほど知らないことだらけだ。

プールの件をきっかけに、ツァーリから「ミハイロは寒いのが苦手なんだ」と聞いて、潤は自分の思い込みについて再度反省した。

水棲竜人ではなく陸棲竜人だとわかっていたのに、孵化してすぐにロシアに渡ったことや、氷窟で暮らせるツァーリの血を引いていることで、弱点などない最強のハイブリッドだと決めつけていたのかもしれない。

──俺が卵を吐いてしまったから……ミロくんは、生き延びるために必死だったんだ。山で大怪我をした遭難者が、救助隊のヘリの音を聞くまでは痛みを感じなかったって話を、聞いたことがある。ミロくんも、ツァーリに会うまでは耐えられたのかもしれない。

母親の潤にも、父親の一人である可畏にも、長兄の慈雨にも望まれず、奇跡の力で倖の魂と触れ合ったミハイロは、大きくなったらまた会うという約束を糧に生きた。

本来なら独りでは乗り越えられないことを乗り越えるために、瞬く間に大きく育ち、自分を確実に庇護してくれる父親を求めて海を渡ったのだ。

——ごめんね……淋しくて、寒い思いをさせて……つらい目に遭わせて、ごめんね。

声に出すと気を遣わせるとわかっていた潤は、ミハイロの手を両手で包み込む。

謝罪は自己満足に過ぎず、謝るたびに「ボク、ダイジョブ」と答えさせ、微笑ませて、幼い彼を苦しめてしまうだろう。

——ミロくんにとっては倖の存在がとにかく大きくて、他の誰が何を思おうと何をしようと、それほど大きな問題じゃないのかもしれない。俺や可畏があれこれ悔やむのは自意識過剰で、俺達の存在なんて小さなものかも……しれないけど、それでも俺達は親だから、後悔するよ。君を愛情たっぷりの環境で、慈雨や倖と同じように迎えたかった。哺乳瓶が似合う赤ちゃんの姿の君を、最初から育てたかった。

声を出さない分、涙が雄弁に想いを語る。

潤の頬を濡らし、顎を伝って首まで届いたそれは、音を立ててシーツに染みた。

微かに漏れてしまう嗚咽を呑み込んでも、涙だけは止められない。

頭の中には、慈雨と倖の間に座る乳児の姿があった。

二人の弟らしい幼いミハイロが、オムツやスタイをつけて無邪気に笑っている。

自分はカメラを構えてシャッターを切り、横にいる可畏は笑って「何枚撮る気だ?」と少し呆れている。

「この瞬間は今しか撮れないんだから」と答えた自分は、子供達に向かって「はーい、こっち見てー」と声をかけ、シャッターチャンスを逃さない。

そこには幸せしかなくて、ツァーリは存在しない。

ミハイロにツァーリの血が流れていようと、五人家族の姿がある。

「……っ、ぅ……」

過去は変えられなくても未来は変えられるのだからと、前だけを見ていたかった。

いつも前向きな自分でありたかったし、悔恨の念に苦しむ可畏を楽にしてあげたかった。

けれどもこうして無防備なミハイロと一緒にいると、失ったものの大きさを思い知る。

今の彼を否定する気はないのに、どうしても涙が止まらない。

「――ぁ……」

声を殺して泣いていると、温かい指が頬に触れた。

驚いて目を見開いた潤は、熱に浮かされるミハイロの瞳に囚われる。

「ジュン……ナク、ヨク……ナイ」

濡れた紫色の宝石が、蕩けるように光っていた。

熱を帯びた吐息と共に、ミハイロは「ナク、ヨクナイ」と繰り返す。

「ミロくん……っ、ごめん……ごめんね」

親として後悔してもし切れない想いがあり、謝らずにはいられないけれど、後悔は今の彼を否定することにも繋がってしまう。

こんなにも優しく素晴らしい子に育ったミハイロを、ありのままに愛せるように、泣かずに笑っていられるように、潤は謝罪の言葉に別れを告げた。

「——ミロくん、ありがとう」

生きていてくれてありがとう。必死に生き延びてくれて、ありがとう。数奇な運命に逆らい、真っ直ぐ育った今の君を愛してる。

「ありがとう」

ほっそりとした手を握り、潤は瞼を閉じた。

両手で握っていたミハイロの手が、ぴくりと動く。

「……ド、イタシ、マシテ」

次第に力が籠められていく指先が、掌に食い込む。

強めに握り返されて、「ジュン、ママ」と、少し恥ずかしそうに呼ばれた。

《十》

高熱を出しながらも潤の前で眠ることはなかったミハイロが、ようやくすやすやと寝入った頃、ツァーリが大きく動く。ミハイロの部屋はマークシムス・ウェネーヌム・サウルスの影で半分埋まり、潤は顔を見る前からツァーリと対峙(たいじ)する覚悟ができた。

天蓋付きのベッドの横で立ち上がり、彼の手で開かれる扉に向かう。

「潤、一人にしてすまなかったね。ミハイロの容態は？」

「少し落ち着いたみたいです。熱も一度下がってました」

潤はツァーリの問いに答え、閉じられる前に扉を摑(つか)む。

不思議そうな顔をする彼に、「廊下でちょっと、いいですか？」と声をかけた。

ミハイロが起きているならともかく、眠っている時に彼と二人きりになりたくなかったのもあったが、逆に二人きりにならなければ話せないこともあった。

「私に何か話でも？」

「はい、色々と、ハッキリさせておきたくて」

同じ意匠の額縁が等間隔に飾られている廊下には、ラベンダーのアロマの香りが漂う。

ここは二階の北側で、竜嵜家専用ルームは三階の南側にある。一階で仕事をしているホテル従業員達は竜人なので、廊下の床には恐竜の頭の影がちらちらと見えていた。

「あの、先日、腕時計の箱を通してお話しした件ですが、俺は絶対不可侵権が欲しくて時計を受け取っただけで、貴方との運命とかそういうのは感じていません。『君の運命は私を選んでくれた』とかいってましたけど、俺はそんなふうには思いません」

「子まで生した仲なのに？」

「それでも俺と貴方は無関係です。ミロくんが貴方の血を引いてるのは認めます。でもそれはミロくんと貴方の繋がりに過ぎません。俺に無理やりなことをした結果子供が出来たからって、相思相愛でもないのに運命とか決めつけるのは変です。絶対おかしいです」

ミハイロに対する自分の数々の失敗や後悔と、ツァーリの主張はまったく別の問題として、潤はいいたいことをストレートにいう。

ツァーリの境遇に同情する気持ちはあったが、ミハイロが誕生したのは最終的に可畏の精を受けたからだ。奇跡は可畏と自分の間で起きたのであって、妙な思い違いをされては困る。

「私がまた、卑劣なことをすると思っているのか？」

「そうは思ってません。暗殺の危険があるのに自分の体で地上に出てくるところとか、勇気があるというか、今は正々堂々としてるなって思ってるし、今回の旅行のことも感謝してます」

感謝はいい過ぎだろうかと思わなくもなかったが、ツァーリがその気になれば、ミハイロを一生エリダラーダに閉じ込め、可畏に会わせないこともできる。日本国内で六人一緒に過ごすプランに変更してもらえたのは、ツァーリの妥協あってのものだ。

「だから、疑ってはいません。また俺を攫ったり洗脳したり、可畏や子供達に何かしたりするような人だとは思いませんから。でも、運命とかいわれると困るんです。そこには何かしらの期待があるみたいに感じるから、凄く困る」

潤が話している間、ツァーリは口を挟む気など微塵もない様子だった。

興味深そうな目をしながらも、口角を少しだけ上げた微笑を崩さない。

聞く体勢の彼に向かって、潤は今いえることのすべてをぶつける覚悟を決める。

「ツァーリ……俺は、或る意味では貴方のおかげで、自分がどれだけ可畏のことが好きかよくわかりました。子供を持ったことで、将来の自分もだいぶ見えてきました。十年後、二十年後、三十年後にどんな人間になってるかはわからないけど、年齢を重ねてもずっと、可畏と一緒に生きていきたいと思います」

愛し愛されているからこそ、起きないはずの奇跡を起こせた。

慈雨と倖が生まれたのも、ミハイロが生まれたのも、誰かが種を蒔いたせいじゃない。

様々な意図や偶然が重なった結果だとしても、自分と可畏の間に行き交う想いがあってこそ、三つの命が結実したのだ。

「潤、君は私を見縊っているようだ」

「――ッ、ツァーリ」

「他の竜人と同じように考えないでくれ。私は、そんなに忙しない男ではない」

ツァーリは潤の言葉に動揺せず、むしろ余裕を見せてくる。

後継ぎ候補を手に入れたし、君はもう用済みだ。子供が欲しかっただけで、君に愛情なんて元々ないんだよ。この私が人間に本気になるわけがないじゃないか――とでもいってくれたら、多少の屈辱感や羞恥心は覚えるものの、今後はだいぶ楽になる。

しかし潤が妄想した台詞は現実には語られない。

可畏と同じ高さにある唇は、気品のある笑みを湛えたままだった。

「君の伴侶が来たようだ」

視線だけを廊下の奥に向けたツァーリの言葉に、潤は慌てて振り返る。

本当に可畏がいて、ただでさえ長い脚を大きく使い、瞬く間に迫ってきた。

「可畏……」

「子供達を寝かせてきた。ミハイロの容態は？」

可畏は潤に話しかけながらもツァーリを睨み、二人の間に割って入る。

それはかなり露骨な動作で、「必要以上に近づくな」と抗議しているも同然だった。

実際に潤の肩に触れ、ぐっと押して一歩下がらせる。

「可畏、ミロくんも眠ってるんだ。熱は一度下がったよ。そっと入って寝顔を見る？」

「いや、起こすといけないから、起きてる時にまた来る」

可畏は潤に答えるものの、すぐにまたツァーリを睨み据える。

バチバチと火花が散る視線というにはあまりにも一方的だったが、可畏の視線は兎角鋭く、火を近づけたら炎々と燃え上がりそうなものだった。

「潤に指一本触れない約束を、忘れてないだろうな」

「もちろん忘れていないし、触れていないよ。心配しなくとも、肉体の繋がりに私はそれほど重きを置いていない。気持ちが伴わなければ虚しいものだとわかったからね」

ツァーリは白い両手を上げて無実を強調し、ふふと笑う。

嘘ではなく、確かに触れられてはいなかったが、それならいいというものでもなかった。

余計な言葉を加えられ、潤を諦めていない態度を取られれば、可畏は当然不快になる。

宣戦布告をされて余程腹が立ったのか、ひくつく眉の横に太い血管が浮き上がった。

「あ……っ、可畏！」

次の瞬間、潤は可畏の手で引き寄せられる。

最初は手指を引かれ、そのあとすぐに腰を抱かれて上半身を倒された。

卒業時のプロムナードで踊ったアルゼンチン・タンゴを体が覚えていたのか、驚きながらも背中や首がしなやかに動く。

可畏に求められるまま身を逸らした潤は、足を浮かされても怖いとは感じなかった。

絶対に落とされないとわかっているから、どんな体勢でもついて行ける。

「んぅ、ぅっ」

三人以外は誰もいない廊下で、大胆なキスをされた。

逆さになりかけた視界に、ツァーリの姿が入り込む。

長い脚に引き締まったウエスト、草食竜人とは思えないほど鍛えられた重厚な肉体、彫刻のように整った顔立ちと、真珠の輝きを秘めた肌。微かに紫色を帯びた銀髪は紳士的にきちんと撫でつけられ、短いながらに艶めいている。そして、有毒種の特徴とは思えないほど神々しい紫の双眸――何もかもが特別で、彼が生まれてくる子供の名前の候補として挙げていた『神の如き男＝ミハイロ』とは、彼自身のことのように思えてくる。

この世の誰とも比べてはならない、こんな人に求められているなんて嘘のように思うけれど、潤はその愛を喜べない。

ツァーリの愛は、酷く苦しい記憶と併走している。

出会った瞬間から忘れたい、忘れてほしい、ミハイロの存在以外はなかったことにしたい、そんな記憶との併走だ。切っても切り離せない闇がある。

「は……ぅ、ふ……く、ぅ」

「――ッ、ン」

ツァーリの気持ちから逃げたくて、潤は可畏に縋りつく。

自分が誰を好きなのか、誰の物なのか、ツァーリにわからせたくて仕方がなかった。

宙で押し倒される体勢でも、キスの貪欲さでは可畏に負けない。

真下から押し上げるように唇を当て、尖らせた舌先を可畏の口に捻じ込んだ。

指先にも力を込め、可畏の肩や腕をぐわりと摑む。この上なく物欲しげに、絶対に離したくないとばかりに強く、そして愛しげに摑みながら、可畏だけを求めてキスをした。

「……う、ふ、ぅ……っ」

「ン、ゥ……」

見た目には贅沢な立体感があり、触れると期待を裏切らない弾力を感じる唇……それでいて意外な柔らかさを持ち合わせる膨らみを、舐めて崩し、音を立てながらしゃぶる。

ツァーリは踵を返すことも目を逸らすこともなく、視線を注いできた。

潤もまた、ツァーリに視線を向け続ける。

訴えたいことがあるから、揺るぎなく彼の目を見た。

――俺が、ガイと名乗っていた貴方とこういうキスをしたのは、洗脳によって可畏とガイを混同してたからだ。こんなキス、可畏とじゃなかったらしてない。ガイとキスをしながらも、俺は何度も違和感を覚えてた。貴方の洗脳に抗って、本物を求めてた。ここにいる可畏こそが俺の恋人。他の誰でもなく、可畏だけが俺の……。

恋人であり夫でもある可畏の唇を、潤は繰り返し啄む。

そうしていると今度は可畏の方から入ってきて、潤の口内は二人分の舌で密になった。

「く、ふ……ん、ぅ……か、ぃ……」

全身隈なく火照りだす体は、可畏と触れ合ったところだけ一際燃える。

まったく触れ合っていないのに、やたらと激しく燃えているところもあった。

血液が一ヵ所に集まって、潤の雄の象徴を、ますます雄らしい威容に変えていく。

「は、ぁ……くぅ」

「――ッ、ン……」

ぬるりと絡み合う舌から、とろみのついた唾液が伝う。

潤の口角から溢れたそれは、すぐに首筋まで流れていった。

ツァーリの視線が動き、唾液を追って首筋へと来たのがわかる。

「ん、ふ、ぅ……っ」

可畏の舌をより深く味わうために、潤は顔を斜めに向けて交差させた。

唾液が流れてしまうのを勿体ないとばかりに、ちゅうっと吸っては飲み干す。

こういう時の自分の肌がどんな色をしているのか、確認するまでもなくわかっていた。

白人だった祖父の血が強く出た肌は、血の色を透かして仄赤く染まっているだろう。

可畏が好むピンク肌の自分を、潤はツァーリに見せつける。

キスをしながら首を伸ばし、仰け反って、可畏に欲情する肌を晒した。

目で見てわかってほしい。子供が出来たところで彼には決して踏み込めない、運命的な絆がここにあることを……断ち切れない愛があることを、思い知ってほしかった。

「う、ぅ……む、ぐ……っ」

「――ッ、ゥ」

ツァーリを突っ撥ねるために、彼の目の前でセックスすることはできる……と、元々人前で行為に耽ることに抵抗がない可畏はもちろん、潤も同じように思っていた。

むしろ見せつけるべきだと思っている。

洗脳されている間ですらツァーリには許す気になれなかった後ろを、可畏には許すどころか自ら拡げるのが、潤にとっての日常であり本能だ。貪婪に雄を迎える発情期の雌の獣のような姿を晒すことでツァーリの想いを断ち切れるなら、どんな格好でもしてみせる。

「は……う、ぁ……可畏……っ」

現実的に考えれば、子供達が近くにいる今この場所で、キス以上のことはできなかった。

その分、潤は口づけにすべてを込めて情欲を示す。

ツァーリと視線を合わせる余裕はなくなり、無我夢中で可畏の唇と舌を貪った。

体を繋げられない状況で、これほど唾液塗れになるキスをしたことは記憶になく、服の襟が濡れて冷たくなっていく。肌が火照っているせいで、余計にそう感じた。

「く、ぅ……ふう、ぅ」

「ン、ゥ……」

ねっとりと淫らな音を立て、競い合うように激しく相手を求める。

腰を押しつけながらキスをすると、絶頂がちらついた。

こらえなければ達ってしまいそうなこの状態に、ツァーリは気づいているだろうか。

子供が出来るか出来ないかは別問題として、可畏が雄としてどれだけ特別な存在か、これを見ていてわからないはずがない。

──ツァーリ……！

視界の隅で巨大恐竜の影が動く。ツァーリが踵を返し、ミハイロの部屋の扉を開けた。

動作は優雅だったが、どことなく急いだ感はあり、いずれにしても可畏と潤の行為から目を逸らしたのは間違いない。

見るに見かねて、彼は逃げたのだ。見ていることすらできずに逃げた。

可畏への想いをわからせた以上、これは一つの勝利だと潤は思う。

心の半分は安堵に満ち、残る半分はキスの快楽に溺れていた。

《十一》

釧路で過ごす三日目の黄昏時、可畏は一つの決意を胸に丹頂湿原の展望台に向かう。

湿原の見所の一つとして夕景が挙げられ、緑が支配する地平線に太陽が呑み込まれる瞬間は、ここが日本だということを忘れさせてくれた。

可畏は母国である日本をそれなりに愛しているため、わざわざ忘れたいわけではなかったが、非日常感や解放感を求める気持ちは人間以上に持っている。

ここは何度訪れても飽きることなく、気分を押し上げてくれるパワースポットだ。

国という括りを超越して、地球その物の美しさを感じられるから好ましいのかもしれない。

そのうえ、湿原とは比較にならないほど古い恐竜遺伝子が手つかずの自然を前に騒ぎだし、恐竜化するまでもなくヒトならざる身を実感できる。

一年の大半は気温が低いあたりが可畏にとっては厳しいが、父親として息子に誓いを立てる場所としては申し分ない。種族にかかわらず胸を打たれる絶景――爽やかなスカイブルーから熟したオレンジへの繊細なグラデーションに、たわわに実った愛を誓いたい。

「なんだか、言葉にならないな……あまりにも綺麗で、涙が出てくる」

展望台の上で、潤が声を詰まらせながらいった。

旅行としては短いものの、潤には苦楽の日々だったのだろう。

釧路滞在も明日が最後で、日が暮れる前には帰路につく予定になっている。

一日目は移動で慌ただしく、二日目の夕方には屋内プールで事件が起きた。ミハイロが酷い風邪を引いたため、潤は自分を責めて、三日目の今日もミハイロに付き添っていた。

幸い午後からは熱が下がり、今こうしてツァーリを含めた六人で夕景を眺めているわけだが、可畏には潤の心労が痛いほどわかる。

可畏からしてもツァーリの存在は忌々しく心を波立たせるものだが、向こうも可畏と一緒に行動したいわけではないので、結果的に離れている時間が多かった。

夫と子供がいる身で権力を持つ男に攫われ、洗脳されて性的奉仕をする破目になり、二人の男の血を引く子供を生みだした潤は、その事実だけでもつらいはずだ。

そのうえ知らずにミハイロの存在を否定し、海に卵を吐きだしてしまった。

後悔に苦しみ、ミハイロに会いたいと願った挙げ句にまたしてもツァーリに求められ、北の大地で家族ごっこをさせられている。この三日間を、潤がどれほど窮屈で息苦しい思いをして過ごしたのか、それをわかっているからこそ可畏は遠慮してきた。二人の男から求められれば、潤が一層苦しむことになると知っていたから、身を引いて仕事に勤しむしかなかった。

「パーパ、おそら、きれーね」

可畏は倅と手を繋いだまま、「そうだな、凄く綺麗だ」と答える。

するとi潤と手を繋いでいる慈雨が、「たらことおんなしよ」といって宙に円を描いた。

慈雨が何をいいたいのか可畏はすぐに気づいたが、潤は「タラコ？」と首を捻(ひね)る。

「タラコじゃなくて卵だろ」

「ああ、なるほど、卵違いだ。いわれてみると本当に卵の黄身みたいだな」

「黄色じゃなくて橙色(だいだいいろ)の、格別に美味(うま)い卵の色だ。ここから見る夕陽は何物にも邪魔されず、完全に消えるまで様々な変化を楽しめる。あらゆる一瞬が絵になって、好きな景色だ」

「俺的には杏(あんず)だと思いたいとこだけど、夕日は最高。いつかまた来たいなぁ」

「もう少し気温が高い時期がいい」

「うん。あ、でも雪原に沈むのも見てみたいかも」

「それは勘弁してくれ」と顔を顰(しか)めた可畏に、潤は「だよな」と笑う。

昼から夜への移り変わりを目に焼きつける慈雨や倅と同じように、ミハイロも夕陽を見つめ、ツァーリの手を握っていた。

大人三人、子供三人で行動する場合、ミハイロがツァーリと組む形になるのは当然だったが、それは今だけのことだと思いたい自分がいる。しなやかで長いミハイロの手の先にいるのは、潤か自分でなければならないと、改めて強く思った。

「ミハイロ、俺と慈雨から、お前に話したいことがある」

夕陽が湿原に呑み込まれる最中、可畏は身を屈めて慈雨の背中を軽く押す。

慈雨は独りで行くのは嫌だとばかりに潤の手をぐいぐいと引っ張ったが、行為自体に抵抗はないようだった。今この場で、慈雨はミハイロに謝ることになっている。

「ミロくん、ジーウね、おみず、ちべたーのしゅきよ」

謝罪の言葉そのものを具体的に指導しなかった可畏は、慈雨の言葉を黙って聞いていた。はらはらしなくもないが、何がいけなかったのかしっかりといい聞かせて理解させた自信はあったので、あとは慈雨を信じて和解の時を待つ。

「れもね、ジーウ……らめらったの。ミロくん、くしゅんしてめんね」

自分は駄目なことをした。風邪を引かせてごめんなさい——といいたいらしい慈雨の言葉を、訳すべきか迷う可畏と潤の目の前で、ミハイロが頷く。

相変わらず無表情に限りなく近い微笑を湛える彼は、「ダイジョブ」と答えた。

「ボク、ネツナイ。イマ、ゲンキ」

欠けていく夕陽を受けながら、ミハイロは自分によく似た小さな兄を見つめる。

オレンジの光に彩られた二人の肌は、いつも以上に赤みを帯びて生き生きと艶めいていた。

三兄弟の中で一人だけ白い肌を持つ倖も、赤く染まった頬を上げている。可畏と手を繋いでいるため拍手はできず、「パチパチらね、パチパチらねー」と言葉で拍手を送った。

「ジーくん、えらーね。いっちゃんにーたんらね」

「んっ、ジーウいっちゃんにーたんらもん！　えらーの！　あとね、かあいのー」

早速調子に乗る慈雨を、潤は「こらー調子に乗らない」と叱り、ぐんっと引っ張り上げる。

潤には滅多に持ち上げてもらえない慈雨は、喜んで「カチュオーッ」とはしゃぎだした。

「えー、カチュオ？　カツオ？　お気に入りのターザンじゃないんだ？」

「ターサンちあうの！　マーマが、えいってしゅると、ジーウはね、カチュオよ。そいでね、ジーウがえいってしゅると、ターサンらのね。『ちゅーまってアーアアー』らもん」

「なるほど、深いなぁ……引っ張られると一本釣りされたカツオになって、自分で掴まってる場合はターザンなんだ？」

「ちあうよ、フカちあうの！　ジーウはカチュオ！」

「フ、フカ？　や、フカなんていってないよ、深いなぁって……つまり凄いなぁって」

笑いをこらえ切れない潤の隣で、慈雨は「んっ、ジーウしゅごーよ」と鼻高々だった。

日没を前に展望台を駆け抜ける風は冷たかったが、子供達の笑顔は温（ぬく）もりに満ちている。

ミハイロは慈雨を許すだけに留（とど）まらず、「ジウニーサン、ト、プールアソビ、タノシイ……タノシカッタ」と丁寧に想いを語り、慈雨は「いいよー、ジーウねー、またねー、あしょんであげりゅ」と、顎まで上げてフフンとふんぞり返った。それを見た倖は心配そうに眉を歪（ゆが）め、「ジーくん、おみじゅちべたーの、らめよ」と念を押す。

「そうだそうだ、倖くんのいう通り」と笑う潤に、子供達も釣られて笑っていた。

潤と自分と子供達だけなら幸せしかなくて、唯一つ、ツァーリの存在のみが可畏の心をひりつかせる。

今となってはもう、ミハイロの体に流れるツァーリの血など大して気にならなかった。

この子は俺と潤の血を引く子供で、慈雨と倖の弟――として認識できている。

それらの事実を何よりも大切に思い、ツァーリさえ出てこなければそれで済んだ。

慈雨がスピノサウルス竜人の汪束蛟に近い体質や能力を持っていてもそれほど気にならず、慈雨ならではの個性として愛せるのと同じように、今ここにいるミハイロを……ありのままのミハイロを、包括して愛している。

「ミハイロ、さっきもいったが、俺からも話がある」

可畏は倖を潤に預けて、ミハイロの前に立った。

それは即ちツァーリの前に立つことでもあったが、今は彼も欠かせない。

ツァーリが不在の状況で決意を口にするのは筋が違うと、可畏は考えていた。

それはミハイロがツァーリの子供でもあるから……というよりは、こちら側の事情によって独り海を漂う破目になったミハイロにとって、ツァーリは恩人だからだ。

我が子が命を救われ、世話になった相手としてツァーリと向き合い、筋を通す所存だった。

「ミハイロ、俺はお前に、このまま日本に残ってほしい」

膝を折った可畏は、ミハイロに目線を合わせて想いを告げた。

潤にプロポーズをするよりも、優に百倍は緊張する。

恋人は自分だけ、抱いたのも自分だけ。何より、愛されている男は俺だけなんだ――と信じさせてくれる潤が相手なら、答えは見えているからいい。程よいレベルの緊張感と、絶対的な幸福感に浸りながら想いを告げれば十分だ。むしろ愉しむことすらできるだろう。

けれどもミハイロには二人の父親がいて、先に名乗りを挙げたのはツァーリだ。

抱き締めたのも、共に暮らしたのも、愛したのも、すべてに於いて先を越されている。

潤に関して、「自分が先に出会っていれば……」と悔しがり、可畏が持つアドバンテージを羨まずにはいられなかった他の竜人達の気持ちが、今の可畏には嫌というほどわかった。

「ミハイロ……俺と潤と、慈雨と倖と一緒に、家族五人で暮らそう」

本人の意思を尊重し、奪うのではなく選ばれる形でミハイロを得たい可畏にとって、家族は最高にして唯一の切り札だ。

自分だけでツァーリに勝てると思うほど愚かな過信はしておらず、綺麗事を並べ立てる気もない。あとはただ、ミハイロの選択を待つだけだった。

ミハイロがこちらを選んだとして、その時ツァーリがどうするのかはわからないが、まずは選ばれなければ始まらない話だ。ミハイロがツァーリを選んだ場合、こちらは強引に奪い取るわけにはいかないのだから、その時は一旦引いて次の機会を待つしかなくなる。

「コウニーサン、イッショ?」

ミハイロは「日本」でも「家族」でもなく、倖の名前を出して目を輝かせる。

この旅行の最初に可畏の罪を許し、潤の罪も許して慣れ親しみ、慈雨のことも泳ぎの上手い兄として認めながらも、やはりその心を占めているのは倖らしい。

圧倒的な差があることをつくづく思い知らされるほどに、ミハイロは素直な笑みを浮かべている。倖との暮らしを夢見ているのがありありとわかる、幸せそうな表情だった。

「ああ、倖と一緒だ。倖と同じ食卓を囲み、遊びも勉強も一緒にできる」

「コウニーサン、ト……イッショ」

夕陽に染まった頰をさらに赤く染めるミハイロに、倖は飛び切りの笑顔を返す。

「ミロくん、いっちょらね」と喜ぶ様は、親の欲目ではなく本当に天使に見えた。

潤は愛と美の女神のようで、そこに天使が三人降臨したとしか思えない光景だ。

──これで本人の意思は決まった。あとはツァーリがどう出るか、それだけだ。

ミハイロは熱に浮かされていた時と同じく目を潤ませ、「コウニーサン、スキ」と呟く。

感極まって涙をこらえていたが、それでも今後について明確なことはいわなかった。

ツァーリの手を握ったまま彼の顔を見上げ、笑顔で「ツァーリパパ」と声をかける。

二人の間にこれまでどういったやりとりがあったのか可畏には知る由もなかったが、傍から見る限りツァーリへの遠慮はなく、自分の幸福を彼も喜んでいると信じている顔だった。

「ボク、コウニーサン、ト、ニホン、クラス、シタイ」

ツァーリに向かって、ミハイロは自分の意思を明らかにする。

その瞬間、可畏の心の大半は歓喜に沸いて……残るわずかな部分で、ツァーリの立場に我が身を置き換えていた。

自分が今の彼なら、どれほど悲しいか、淋しいか、それを考えずにはいられない。

それが我が子にとって幸せな選択だとしても、とても耐えられないだろう。

――以前の俺なら、こんなことは考えなかった。勝ち誇り、己の存在理由を得て、敵を……敗者を徹底的に叩きのめして、より完全な勝利を得ようとした。あの頃はそれでよかったんだ。強さを証明したいだけの暴君竜としては、それだけでよかった。

ミハイロがこちら側を選んだ理由が倖であろうと、結果は望み通りだ。

ツァーリの手から我が子を取り戻し、父親としてやり直すことができる。

確かに嬉しくて、胸を撫で下ろしているのに、一方で選ばれなかった側の辛苦に囚われた。

愛し育てた我が子と別れなければならない父親の苦しみがあまりにもわかり過ぎて、視線をツァーリに移せない。

「ミハイロ、君のその選択が正しいかどうかは……十年、二十年先になってみなければわからないものだ。長い人生経験を持つ私でも、何が正解かはわからない」

澄んだ水のように流れるツァーリの声に引き寄せられ、可畏はようやく彼に目を向ける。

その声を裏切らない顔をして、ツァーリはミハイロだけを見つめていた。

無風に等しかった展望台に、風がひゅうっと抜ける。

地平線を染める太陽は、間もなく姿を消すだろう。

勝者になっても笑えない可畏の前で、ツァーリは朗らかに笑った。

「ミハイロ、自分の選択を信じて、幸せに生きなさい。この国には、君の母親と、同じ年頃の兄達がいる。エリダラーダの学校よりも、様々な竜人と接する機会を持てる。氷に閉ざされた世界では触れることのできない温もりと刺激が、君の心を豊かに育んでくれるだろう」

「ツァーリパパ……」

ミハイロの手を離したツァーリは、その頼りない肩に触れる。

熱を失いつつある空が、最後の力を振り絞るように父子を温かい光で包んでいた。

二人は微笑み合っていたが、潤は笑わない。

ツァーリの気持ちを思うと、どうしたって笑えないのだろう。

言葉一つかけられず、頬を涙で濡らしていた。

慈雨と倖は潤に引き摺られ、困惑顔になっている。

――もしも俺がツァーリの立場だったら、あんな表情はできない。我が子にとって一番いい選択だったとしても、送りだせない。慈雨が、水竜として蛟と暮らしたいといいだしたら……倖が、飛翔能力の根源であるリアムと暮らすといったら……俺は、絶対に譲れない。

条件は違っても、愛し育てた子供と離れるという点では同じだ。

自分には耐えられないことが、どうしてこの男には耐えられるのか。

痩せ我慢には見えず、愛が足りないとも思えない。

同じ立場に立たされた時、自分がどうするかはわかっても、差が出る理由はわからなかった。

竜人としても父親としても違い過ぎて、どちらが正しいのか、どちらがより愛しているのか、答えが見えない。

「ボク、ツァーリパパ、ト、アエル？」

「ああ、生きていればまた会えるよ。潤も可畏も、エリダラーダの氷を融かしそうなほど熱いハートの持ち主だからね。何年も先ではなく、そのうち会わせてくれるんじゃないかな」

ツァーリは可畏や潤の耳に入れるための言葉を口にして、ふふと笑った。

それを突っ撥ねられないどころか同情的になってしまう自分は、潤に絆されてつくづく人間臭くなっているのかもしれない――そう思い知る可畏の耳に、潤の声が飛び込んでくる。

「もちろん！　もちろんだよ！」と、潤は可畏の意向を確認せず高らかに声を上げた。

確認されたところで結果は同じで、ようやく笑顔になった潤を睨むわけにもいかない。

ミハイロ自身が離れた父親にまた会いたいと願っているものを、幸福な身の自分がどうして拒絶できるだろうか。ツァーリが潤に会うことは許せないが、ミハイロを愛しているからこそ、父子の想いを完全に断つことはできなかった。

「ミハイロ、君の未来が明るくなったところで、潤に贈り物を。潤は、始まったばかりの君の長い人生を支えてくれる人だ。とても優しく、時には厳しく、君を愛で包んでくれる」

ツァーリに背中を押されたミハイロは、そうされる前に頷いていた。

こうなることをわかっていて用意していたらしい贈り物を渡すために、潤の前に進みでる。

太陽が完全に沈む瞬間が迫っていたが、誰も空を見てはいなかった。

可畏は潤から慈雨と倖を任されて、美しい母子を見守る。

「ミロくん、俺にプレゼント、くれるの？」といって屈む潤の頬は今も濡れていたが、眩しい笑顔を飾る涙は、先程までとは違う光を放っていた。

「ジュンママ、ニ、プレゼント……ク……アゲル」

日本語で「くれる」に対しては「あげる」でよいのかと、少し考える間を見せたミハイロは、正しい答えを返して潤の左手に触れる。

「ボク、ニホン、ニ、クラス……ヨロシク」

潤によく似た愛くるしい顔に、少しばかり照れたような笑みを浮かべるミハイロと、涙声になるのをこらえるあまり、「うん、うんっ」としかいえずに首を何度も縦に振る潤の姿を見ていると、可畏の胸にも迫るものがあった。

慈雨と倖の手に力を込め過ぎないよう気をつけながら、三人の可愛い子供に恵まれた喜びを噛み締める。男の潤との間に奇跡が起きたことを、改めて感謝せずにはいられなかった。

神も仏も運命も含めて、森羅万象に感謝する気持ちで、ツァーリを許す。

彼が身勝手な罪を犯し、潤の人生に強引に介入したからこそミハイロは生まれた。

それは揺るぎない事実であり、潤の消息が知れなかった忘れ難い苦痛の日々を乗り越えて、今は確かに幸せだ。それ以上に大切なことなどないと思えた。

ミハイロは微笑み、触れていた潤の左手を引き寄せる。

「ジュンママ、コレ、ハ、オクリモノ」

ふっくらとして艶めく唇を寄せて、青い血管が透ける手首にキスをした。

エリダラーダで皇子として育てられたから、左手にキスを贈るのかと納得しかけた可畏は、目の前で繰り広げられる光景に違和感を覚える。

深い関係の恋人でもあるまいし、手首にキスなどあり得ない。

そんな行為をツァーリが教えるわけがなく、ミハイロが間違えるとも思えなかった。

「──え、ぁ……」

さながらそれは恋人同士の戯れのように、キスから甘嚙みへと移りゆく。

白い歯列が潤の手首にやんわりと食い込んだ次の瞬間、犬歯がいきなり変化した。

小ぶりだったはずの歯が吸血鬼を彷彿(ほうふつ)とさせる牙になり、潤の皮膚にずぶりと刺さる。

「マーマ！」

「ミロくん、らめよ！」

太陽が姿を消して残照のみになった紺色の空に、慈雨と倖の叫びが木霊する。

——潤！

可畏の叫びは喉の奥に留まり、声にはならなかった。

両手は子供達の手を握ったまま、足は展望台の床に縫い止められたように動かない。

視線さえ自由にならず、潤には向けられてもミハイロには向けられなかった。

「う、つ、ぅ……く、ぅ！」

低く呻いた潤の表情は、驚きから苦痛へと変わっていく。

目に見える光景は、直ちに止めなければならないものだとわかっていた。

ミハイロの犬歯が伸び、それが潤の手首に刺さっているのだから、当然やめさせるべきだ。

潤は明らかに痛がっていて、子供達も「マーマ！」と悲鳴を上げている。

それなのに可畏はまだ何もいえず、動けずにいた。

ブランコで慈雨が怪我をした一件でミハイロに殺意を向けてしまった後悔が、可畏の四肢を罪の鎖で戒める。

二度と過ちを犯さないと誓ったせいだ。

我が子を愛し守るべき親の身で、子供を不当に傷つけてはいけない。見た目が五歳児でも、知能が高くても、相手は生まれたばかりの無垢な子供なのだ。また誤解があってはいけない、間違いがあってはいけないと、可畏は慎重に慎重を期して自身にブレーキをかける。

「潤！」

「い、痛い……っ、ミロくん、咬まないで……！」

如何なる事情があるにせよ、潤の苦しみは取り去らねばならなかった。

迂闊にミハイロを責めはせず、それでいて行為は止めたい。

とにかく二人を引き離し、潤を痛みから解放する——その一心で動きだした可畏の目の前で、ミハイロの体がふわりと浮く。それも踵から背中側に向けて吊り上げられるように浮き、顔の高さはそのままに、潤の体から徐々に離れていった。

「痛い……っ、痛いよ！　ミロくん！」

「ミハイロ、咬むのをやめろ！　血が出てる！」

ミハイロを浮かせているのは倖に間違いなく、ミハイロは浮上に戸惑いを見せる。

それでも潤から離れないミハイロを、可畏は濡れ紙を剝がすように引き離した。

細い顎に手をかけて口を開かせると、潤の手首に真紅の穴が二つ開いている。

——なんだ、これ……出血が、少ない？

ミハイロを倖の能力に任せた可畏は、痛がる潤の左手を摑む。

心臓より高く上げて止血するつもりだったが、傷のわりに出血が少なく、そうこうしているうちに治癒能力が働き始めた。赤い小さな穴が塞がり、損傷した血管や筋肉、皮膚が元通りになっていく。まるで何事もなかったかのように、最後は小さな点になって消えた。

「……う、ぅ、うぁ！」

「潤！」

傷が消えた瞬間、潤はこれまで以上の苦痛を示す。

ほぼ同時に左手首の血管が隆起し、ボコボコと音を立てんばかりに膨れ上がった。

慈雨と侼が「マーマ！」と叫ぶ声が聞こえてきたが、振り返る間もなく、可畏は潤の異常に目を瞠る。

「ぐあ、あぁ……うあぁ――ッ！」

手首を起点として、血管の異常は瞬く間に全身に拡がった。

白い肌の下で青く透けて見える血管が、通常の何倍も膨張し、やがては毛細血管まで表皮に現れる。滑らかだった潤の肌は見る影もなく波打ち、白い部分が一点もないほどすべてが赤く染まった。

「潤……っ、潤！」

「ううう、ぅ……」

普段は水色を帯びた涼やかな白眼が、酷く血走っていた。

剝かれた目の中で瞳孔が開き、体はかつてないほどの高熱を発している。

目だけを見れば、苦悶の果てに絶命した死者そのものだ。それでいて体は熱く、指の先まで強張っている。隆起した血管の中を、もぞもぞと虫が這い回っているかのようだった。

「潤、しっかりしろ！　潤！」

「マーマ……ッ！　マーマ！」

何が起きているのか把握するよりも先に、潤の死を恐れる心臓が引き絞られる。

潤のいない世界で一秒でも生きていたくない想いが、可畏の息の根を止めようとしていた。

体だけではなく心も引き摺られて、展望台の上にいるはずの体が奈落の底まで落ちていく。

向かう先は地獄だ。天国に行く潤と離れ離れになってしまうとわかっているのに、このまま潤を救えなかったらと思うと、どうしたって罪の錘に沈められる。

「心配しなくていい、毒が回り切ったことによる好転反応だ」

打つ手が何もない絶望に閉ざされ、潤の名を呼ぶことしかできない可畏の耳に、ツァーリの声が飛び込んできた。

相変わらず静かだが、重たく頭に残る声だ。

ミハイロが何をしたのかよりも、潤が生きるか死ぬかの方が大事だった可畏は、ここに来てようやく事の発端に意識が向いた。

「ツァーリ……ッ、潤に何をした⁉」

泣いて走り寄ってきた慈雨と倖と共に、可畏は痙攣する潤の体を支える。

ツァーリが口にした「毒」と「好転反応」の二言は耳に入っていて、特に「好転反応」には、死中に活を求めんばかりに縋る想いだったが、言葉だけで納得できるわけがなかった。

「ツァーリ！　答えろっ、潤に何をした⁉」

潤に何をしたのか、否、ミハイロを使って何をさせたのか——それを追及したくても潤から目を離せない可畏の視界に、ミハイロの姿が入り込む。

倖の力で浮かされているミハイロは、わずかの間に顔色を失っていた。

頭に血が上ってもおかしくない体勢にもかかわらず、健康的な小麦肌は土気色に沈み、頬や口元が明らかに引き攣っている。

「ダイジョ……ブ、ミンナ、オンナジ、ナル……ダイジョ、ブ」

この上なく動揺しながら震えた声でいわれても、信じられるわけがなかった。

ミハイロ自身が潤の様子に戸惑い、状況を疑って、大丈夫だと信じたがっているだけだ。

そこに説得力は欠片もなく、「ジュンママ、ダイジョブ、コレ……オワル、スグ」とさらに続けられても、可畏の心には幾ばくかの変化も起きなかった。

潤の死という恐怖に圧迫された胸は回復不可能かと思われるほど苦しく、今にも潰れそうで、少しも楽にはなれない。

「ミロくん！　ミロくん！」

倖が叫び、ミハイロの体は展望台の床に下ろされた。

それは間違いなく倖の意思であり、ミハイロを見上げている倖が、「ミロくん！　マーマ、おげんきちて！」と叫ぶ。

――倖……！


それは「マーマを元に戻して」という意味で、倖は滂沱と涙を流していた。

これまで見たこともないほど必死に、「おねあい！　マーマおげんきちて！」と訴える。

それができるのは潤に咬みついたミハイロだけだとわかっているかのように、「おねあい、おねあいよ！　ミロくん！」と懇願する倖に続いて、慈雨も泣きながら「ミロくんっ、マーマいちゃめちゃらめ！　らめ――っ！」と憤激して拳を振り回す。

涙でいっぱいの目に角を立てながらも倖と同じようにミハイロに助けを求め、「らめらけろ、はいくおげんきちて！　はいくっ、はいく！」と急かした。

「ミハイロ……ッ、潤を助けられるか⁉」

「ミロくん！　おねあい！　ミロくん！」

「はいくよっ！　バーカ！　バァーカ！」

三人に叫ばれて驚いたのか、或いはショックを受けたのか、ミハイロは硬直する。

先程よりさらに顔色を悪くし、さながら静止画のように動かなくなった。

「ダイジョ……ブ……ジュンママ、ゲンキ……ナル」

唯一動いた唇から零れる声は、自信なさげで痛々しく、可畏の心を絶望に引き寄せる。

潤の身を案じる三人に向けた言葉でありながらも、やはりミハイロ自身が言葉通りの結果を信じたがっていた。最早祈りのように、「ダイジョブ、ゲンキ、ナル」と繰り返す。

「ミハイロ……ッ」

「ミロくん！　マーマはっ⁉」

「ウアァァーン！　ブァーカ！　ブァーカッ！」

「慈雨、やめろ。弟に向かって馬鹿なんていうんじゃない」

半狂乱で大泣きする慈雨を叱った可畏は、ミハイロが潤に対して悪意を持っていないことを、一点の曇りもなく信じていた。

しかし意図と結果は別物だ。

変わり果てたといっても過言ではない姿の潤を前に、言葉だけで安心できるほど太い神経は持ち合わせていなかった。

相手が幼い我が子でなかったら、「死に限りなく近いこの状態の何がどう大丈夫なのか」と胸倉を摑んで問い質していただろう。

その衝動を……ミハイロの行為そのものへの怒りと恨みを呑んで抑え、無理やり封じ込めて、可畏は子供達と共に潤の体を支え続ける。

「潤……っ、潤！」

「マーマ！　おっきして、マーマ！」

「マーマァ……ッ、やーよ！　ジーウ、やーよ！」

倖も慈雨もわんわんと泣いていたが、可畏に倣って動きは控えめだった。

咬み傷からなんらかの毒を受け、それが全身に回っている状態の潤に可畏ができることは、現状何もない。

手首の傷は塞がっていたが、可畏には皮膚の上から血を吸いだす能力があった。けれども今そうしたところで状況が変わるとは思えない。むしろリスクの方が大きいだろう。

潤の全身は真っ赤に染まり、発熱し、血管は地面から顔を出した樹根の如く隆起している。毒が回り切っているのは目に見えており、揺さぶって正気を促すこともできず、極力動かさないよう支えながら解毒を求めるしかなかった。

「ツァーリ、潤に何をしたんだ⁉」

残照が闇に負けようとしている空の下で、ツァーリは静かに微笑む。

何を意味するのかわからないその表情が、今の可畏には酷く恐ろしかった。

彼が背負うマークシムス・ウェネーヌム・サウルスと、エリダラーダで対峙した時に感じた恐怖心など、この情動に比べれば取るに足りないものだったと思えてくる。

真実を知りたくて気が狂いそうなのに、知るのが恐ろしくて、時を止めてしまいたかった。

潤を自分の物にできないなら、いっそ殺してしまおう——そう考えての行動ではないことを、ありとあらゆる神仏に祈るしかない。

善悪の判断が不完全なミハイロを騙し、咬みつくことや毒を与えることはよいことだ……と教え込んでいたとしたら、自分はどうしたらいいのだろうか。

最悪の場合に、潤を助ける手があるのかないのか、それすらもわからない。

この状況で自分ができることが見つからない。

「答えろ！　ツァーリ！」

「――皆同じだと、ミハイロがいっただろう？　この子の言葉すら信じられないのか？　私も、好転反応だといったはずだ。それも間もなく終わろうとしている。ほら、潤から目を離さずに見ているといい。もう間もなく新しい潤が生まれる」

「……っ、新しい、潤？」

「そう、一度死んで生まれ変わる。次の時代を、我々と共に生きられるように」

ツァーリがいい終えると同時に、慈雨と倖が「パーパ！」と甲高い声を上げる。

心の弾みが表れた声に続いて、「マーマおかお、しおくなったよ！」「まっちろらよ！」と、潤の変化を告げられた。

「潤！」

いわれるまでもなく、可畏の目はすでに潤を捉えていた。

肌は疎か白眼すら真っ赤に充血していた潤の姿は、目を疑う早さで元に戻る。

樹脈さながらだった血管の暴動は収まり、きめ細かく滑らかな肌が艶めいていた。

白い肌は先程までと比べれば「真っ白」と表現するに相応しいものだが、柔らかな質感も、生き生きとした赤みもわずかな黄みも健在で、可畏が愛した潤らしい潤が腕の中にいる。

「潤……潤！」

ぶわりと溢れそうな涙を、ツァーリの手前どうにかこらえて名前を呼んだ。

慈雨と倖も、「マーマ！」と口々に呼んで潤の手を握り締める。

「ジュンママ……ッ、ヨカタ、ヨカタ！」

数歩引いた場所で、ミハイロが感極まった声を上げた。

己の行為に不安を抱き、気が咎めていたのが今になってよりはっきりとわかる。

ミハイロは音が立つほど大きく呼吸して、「ヨカタ、ヨカッタ」と胸を撫で下ろしていた。

「──ん、ぅ……」

可畏の腕の中で、潤が微かに呻く。

飴色の睫毛が動き、瞬きを繰り返した。

つい先程までぎょろりと剝かれていた眼球の上を、瞼が何度も往復する。

薄い皮膚の色は慎ましやかな薔薇色で、一旦深く閉じて止まり、再びゆっくりと開いた。

「潤、俺がわかるか？　潤！」

さながら眠れる森の美女が王子のキスを受けたかのように、特別な開眼だった。

ここから新しい人生が始まるとでもいいたげに、時間をかけて少しずつ開かれる目は、涙で覆われてきらりと光る。

「可畏……」

琥珀色の瞳は真っ先に可畏を見て、艶めく唇は可畏の名を口にした。

動きだした指は慈雨と倖の手や腕を摩り、存在を確かめている。

「マーマ！　おめめ、あいちゃね！　マーマ！」

「ウアァ――ンッ！　マーマ！　マァーマーッ」

「……倖、慈雨……っ」

「潤、大丈夫か？　どこか痛みは？　苦しくないか？」

問いかけると潤は姿勢を変えずに考え込み、「……あ、大丈夫、全然、普通」と答えた。

可畏の目に映る限り普段と変わりなく、ややぼんやりしている程度だった。

甘やかな吐息も、美味な肉が漂わせるベジタリアンならではの体臭も、かえって不安になるくらい何もかもがいつも通りだ。体温も異常な高さではなくなっている。

強いて変化を見いだすとしたら、日が落ちて外気が冷えているにもかかわらず、肌の赤みが強いことくらいだ。

かといって異常ではなく、まるで湯上がりの子供のような血色のよさだった。

元々白い歯や水色を帯びた白眼も、さらに白く輝いて見えるが、月に薄雲がかかっていて、竜人ならではの視力に頼らなければよくわからない状況だった。

愛があっても美しいとは思えない状態になった潤が元の姿に戻った喜びにより、輪をかけて麗しく見えるだけとも考えられる。

それとも本当に何かが変わり、さらなる美を得たのだろうか。

熱れる感情が邪魔をして、今の可畏に偏りなく現実を見極めることなどできなかった。

立ち上がる潤を支える可畏は、ツァーリの喜悦を感じ取る。

「可畏、潤、これがミハイロからの贈り物だ」

目を投げずとも耳だけで、彼の微笑が浮かんだ。

「ツァーリ？　それ、どういう意味ですか？　俺、ミロくんに咬まれて、体が熱く……」

「説明しろ、潤に何をした⁉　今の現象は何を意味してる⁉」

「可畏、エリダラーダには、君が聞いたら驚くほどの数の研究者が揃っている。竜人、人間を問わず、優秀な者が大勢いるんだ。生憎とクリスチャン・ドレイク博士を凌ぐ天才はいないが、あの閉ざされた氷窟で私の遺伝子研究は続けられてきた」

「遺伝子研究？」

「そう、元々は私が子孫を残すための研究だった。しかしそれは今やミハイロの遺伝子研究に移行しつつある。ミハイロが持つ毒には、我々竜人の世界に大きな変革を齎す力があることが判明したからだ」

ツァーリはあくまでも貴族的な態度を取り、感情を顕著に示すことはなかった。

それでも可畏には感じられる。固めたはずの漆喰から許容を超える水が滲みでるかのように、澄ました顔の向こうに秘めた歓喜と興奮が、嫌というほど感じられる。

「その、ミロくんの毒が、今……俺の体に、入ったんですか？」

自分の足で立ち、慈雨と倖の手を握っている潤の背中に、可畏は右手を添えた。

支える体勢を取りながらも、触れていないと自分が不安でたまらなかったからだ。

悪い予感がして、一方で悪くはない状況だと信じたくて、荒波は静まりようがない。

「潤……君を一時的に痛めつけたものは確かに毒だが、一定の条件下では薬として作用する。ミハイロの能力は、並外れた瞬発力だけではないんだよ。あれは補助的な力に過ぎない。倖のように飛行できるわけではなく、慈雨ほどの親水性を持たないミハイロにとっては、危険から逃れるために瞬発力が必要だったのだろう」

ツァーリが潤の問いに答えている間、当のミハイロは潤の顔を食い入るように見ていた。

これまでに潤と同じ経過を辿った者が何人もいて、潤も無事で済むと信じて行動したらしいミハイロが、それでもあれほど蒼褪めて狼狽した理由を、可畏は考えずにいられなかった。

潤の変化が他者と比べて特に酷かったからなのか、それとも他ならぬ潤だからこそ、異様な姿で苦しむのを目にして不安に駆られたのか、どちらなのだろうか。

きっと後者なのだと思いたかった。

ツァーリの思惑通りでもなんでもいい。とにかく何かが成功して、これまでの例と同じく、潤はこの先も無事でいられると信じたい。仮に洗脳されていて数秒後にツァーリへの愛を語り始めるとしても、生きるか死ぬかの状態よりは遥かにましだ。

命だけは絶対に、絶対に譲れない。

「ミハイロ、こちらへ」

ツァーリは所在ない様子のミハイロに声をかけ、その通りにしたミハイロの肩を抱く。

「潤が悶える姿に、怖くなってしまったのか？」と、柔らかな声音で訊いた。

「――ハイ、コワク、ナッタ……ナリ、マシタ」

「私は君の力を信じていたので、少しも怖くはなかったよ。君は潤に似てとても優しいから、つい揺らいでしまったんだね」

「ゴメンナサイ」

「謝ることではないよ。君の中に潤の血を感じて、嬉しいくらいだ」

ツァーリはミハイロの肩だけではなく、切り揃えられた髪を撫でる。

なんの先入観もなければ、息子を褒める父親といった風情だが、可畏の目に映るツァーリは、大天使の姿を借りた魔王のようだった。

「おい、いい加減まともに答えろ。一定の条件下で薬として作用するとは、どういう意味だ」

「ツァーリ、答えてください。俺に何をしたんですか？」

「可畏、潤……私はもう、潤を無理やり奪ったり、洗脳したりはしない。それは君達の学院に行って約束した通りだ。それを前提として聞いてもらいたいが、ミハイロは伸縮可能な毒牙を持ち、死を齎す毒液を他者に植えつけることができる。ただし、彼の毒は、私の毒に対しては特殊な反応を示す。私の毒によって細胞変異を経験した者の体にも、薬として作用するんだ。我が息子ながら本当によく出来た子だ」

「勿体ぶらずにさっさと説明しろ！　薬ってのはなんなんだ⁉」

「一言でいうなら、不老の妙薬だよ」

可畏の怒号に少しも怯まず、ツァーリは己のペースでさらりと答えを口にする。

怯んだのは可畏の方で、慮外な答えに返す言葉が出なかった。

隣では潤が茫然としている。

慈雨と倖の手をしっかりと握りながらも、やはり何もいえずに唇を戦慄かせていた。

音もなく、「不老の妙薬？」という形に動く唇は、夜目にも艶々と美しい。

あんなにも苦しみ、形相を変えていたのが嘘のようだった。

まだ十九歳の潤に対しては、不老の妙薬というよりも美の秘薬だと説明された方がしっくりくるほどに、瑞々しい美貌が際立っている。

「私が老いることなく千年以上も生きていられるのは、私を構成する毒が、私自身には超活性細胞として働くからだ。私の毒を受けた者で不老になった者はこれまで一人もいなかったが、ミハイロの毒が加われば同じ特質を持てる。いうなれば永遠の若さを……共に生きていきたい相手に贈ることができる、ということだ。素晴らしい能力だろう？」

「永遠の若さを、潤に……与えたのか？」

「潤以上に、この力を与えたい相手などいないからね。ミハイロがエリダラーダに来てから、各種竜人やサバーカ、ヒトはもちろんのこと、不老化したことを確かめやすい蜥蜴やネズミ、蛆に至るまで、研究者を総動員して実験を繰り返した。事前に私の毒によって細胞が変異した生物は、ミハイロの毒によって死に等しい状態になったあとすぐに蘇り、その後は不老化する。改めて考えてみると、ミハイロは私を孤独から救うために生まれてきてくれたのかもしれない。私がつけた名の通り、まさに天使だ」

「……ッ、ミハイロに、そんな力が」

可畏の声は夜風に掻き消され、潤に至っては今も絶句していた。

潤の回復により一度は落ち着いたミハイロは、三人いる親の顔を順番に見ている。

自分がしたことは悪い行いだったのかと疑問を抱き、どうしてよいかわからない様子だった。

可畏もまた、ざわめく心を抱えて考えずにはいられない。

もしも、もしも自分が、この世で一人だけ老いることなく永遠に生き続ける運命だとしたら、それはどんなにかつらいだろう。

孤独の闇で希望の光を得たら、今のツァーリと同様に幸福に酔ったかもしれない。

愛する者に自身と同じ特質を与え、百年先も寄り添っていられるのだ。

最愛の人に限らず、大切な者も役立つ者も失わなくて済むのなら、それはどんなにか嬉しく、言葉でいい尽くせないほど幸せなはずだ。きっと生まれ変わった心地になるだろう。

千年以上もの間、すでに多くの死に触れて涙も涸れ果て、諦念が当たり前に染みついた彼の身に如何なる変化が起きたのか、想像に難くない。そして、想像し切れるわけがない。

「可畏、君には私の毒が効かなかった。至極稀にいる、免疫体質なのかな？」

「……ッ」

「君が免疫体質なら、私と戦ったあとも細胞が変異していないことになる。そうなると、君にミハイロの毒は効かない。正確にいえば毒としては有効かもしれないが、不老の妙薬としては作用しない。何しろ君は、体質的には私の天敵だからね」

淡々と語るツァーリは、ミハイロの細い肩を幾度も撫で摩る。

掌中の珠として扱い、愛しくてたまらないといわんばかりだったが、その気持ちは先に子を持った可畏にとってわかり過ぎるものだった。

愛する者と自分の血を引く存在というだけで、我が子が可愛くて仕方がなくて、恐竜の影を持たなくても、竜人としては無力な子であっても、慈雨と倖は間違いなく宝だった。

ましてや人並外れた能力の持ち主だと判明すれば、有力竜人として喜ばずにいられないのは当たり前だ。

その感情に関してツァーリを責める気はなかったが、可畏と潤の子でもあるミハイロの力を私欲に使うのは許せない。幼いミハイロが勝手に判断して潤を咬んでしまったならいざ知らず、先程の行為は明らかにツァーリの指示だ。

「俺はミハイロに咬まれても恩恵を受けられず、独り老いて死ぬってことか。俺が朽ち果てたあとの世界で、若く美しいままの潤を手に入れるのが、お前の狙いか」

「可畏……っ、落ち着いてくれ！　ツァーリが何を考えてるか知らないけど、俺は……っ」

「お前は黙ってろ」

「可畏！」

かつて感じたことのない種の怒りが、可畏の胸を燃やしていく。

潤に止められても静めようがなく、ツァーリに対する強い悪感を糧に肥大した。

潤を愛し、共に生きたいと願う男として、子を持つ親として、理解できるところはある。

永遠を生きる孤独な身の上に同情心すら湧くけれど、だからといってなんでも許せるわけがない。

誘拐や洗脳など、潤が嫌がることはしないスタンスを取りながらも、ツァーリは潤にとって理があることはしてもいいと判断したのだ。

パートナーとの間に寿命の差が生じることが望ましいはずがないのに、勝手な都合でなんの断りもなく身体(からだ)に手を加えた。親しい者を見送る悲しみを誰よりも知っていながら、潤を同じ目に遭わせてもいいと考えたのだ。

そのうえ、自らの手を汚さずにミハイロを使った。

失敗していたらミハイロがどれほど傷つくか、自信があるが故に考えなかったのだろうか。

結果的に潤が無事でも、不老の身となってこの先長く生きられるとしても、幼いミハイロを唆(けしか)けて利用し、二人にリスクを負わせたことは許せない。

「可畏、そのように殺気立つ必要はないだろう。私は潤を求めてはいるが、そう強引ではない。君を不幸にしたり、ミハイロを無理にエリダラーダに囲い込んだりすれば、潤が悲しむことをよくわかっているんだ。君は年老いて死ぬまで、潤と幸せに暮らせばいい。永遠に若く美しい潤と、三人の可愛い子供と一緒に、最高に満ち足りた人生を全うしてくれ」

戯言(ざれごと)でも皮肉でもなく、ツァーリは本音を口にしているようだった。

千年以上も生きてきた彼にしかできない選択が、形を成してはっきりと見えてくる。

「よくもまあ、そんな気長にやってられるもんだな。俺には考えられねえ」

「君は見た目だけではなく本当に若いからだよ。私は極めて気の長い性質(たち)なんだ。若い君とは時間の感覚が違う。ミハイロという天使を得たことで光り輝く希望に満ちた未来が見えたから、今は潤の幸せを願って身を引くよ。何十年後かわからないが、君を看取(みと)った潤が私の愛に身を任せてくれる日まで、辛抱強く待っている」

放たれたツァーリの言葉は、憤怒(ふんぬ)に注がれる冷えたガソリンのようだった。

鳥肌が立つほどの不気味さに……あまりにも理解できない選択に、燃え上がる怒りが一度は冷めていく。

しかし怒りは収まらず、むしろより激しく再燃した。

「お前に、光り輝く希望なんてない！　少なくとも潤との未来は絶対にない！」

「可畏！」

潤が悲痛な声で叫ぶ。

慈雨と倖は裏腹に、「パーパ！」と歓声を上げた。

いつしか濃紺に変わった空の下で、空気が激しく動きだす。

体が空気中の水分を求め、細胞が怒りに添って膨れ上がろうとしていた。

それでも理性はある。十分過ぎるほどある。

制御できないわけではなかった。

ただ、あえて制御する気になれなかった。

ここは街中ではなく、無人島に匹敵するほど世間と隔絶された湿原だ。

永遠に生きることがつらいなら、いっそ今夜で幕を閉じてやろう。

ありもしない潤との未来など望まぬように、自慢の牙で断ち切りたい。

潤を攫い、洗脳して散々苦しめ、抱かぬままでも潤の体を好きにしたツァーリには、妄想すら許せなかった。

長く生き過ぎた命と共に、木っ端微塵に砕いてやりたい。

「そんなに外気を引き寄せてどうする気だ？　まさかこの場で私と戦いたいのか？」

「可畏！　何やってるんだ、駄目だ……こんなところで！」

「倖っ、俺とツァーリを湿原のど真ん中まで運べ！　わかるな、ここから遠く離れた場所まで浮かせて落とせ！」

「駄目っ、倖くん駄目だよ！　浮かせちゃ駄目！」

可畏の指示を潤は食い気味に打ち消したが、倖の反応はそれ以上に早く、可畏とツァーリの体はすでに宙に浮いていた。

「パーパ、きょおゆらね！」

「コーたんみたくブーンして、きょおゆなゆのね！」

嬉々として能力を使う倖に、慈雨は「ドーン、ドーンして！」と早くも強請る。

泣いた烏がもう笑い、可畏の恐竜化に諸手を挙げていた。

ロシアでの氷上バトルを目にしたあとも相変わらず恐れ知らずの二人を、さすがはティラノサウルス・レックスの息子だと誇りに思いながら、可畏は空を滑る。

翼竜の体に摑まるわけではなく、単体で宙に浮く感覚は新鮮なものだった。

思うままに翔けることはできなくとも、重力から解放されて運ばれるのは爽快な心地だ。

——落下する前に変容を……着地と同時に俺は俺になり、ツァーリを……皇帝竜を倒す！

潤と慈雨と倖、そしてミハイロを残した展望台が、見る見るうちに小さくなる。

月にかかる雲が厚くなり、闇が濃くなった。

ツァーリと並行に横滑りしていた体が、湿原の中央でぴたりと止まる。

新たに指示するまでもなく、倖は可畏の要望を理解していた。

わずか数歩分しか離れていなかった可畏とツァーリの距離が、すうっと開く。

恐竜化した際の数歩分まで離れたところで再び止まり、地上に帰る時が来た。

いきなり重力に引き戻され、ツァーリと共に同じ速度で落ちていく。

――皇帝竜！　もう誰にも邪魔させない！　お前は俺が倒す！

普段は複雑な思考が、たった一つの目的に集約された。

可畏は眠れる恐竜遺伝子を解放し、空気中の水分を集めて細胞を変異させる。

軋（きし）んだ衣服が裂け、大きく膨れ上がった体が誇れる形をなぞっていった。

恍惚（こうこつ）ともいえる万能感に支配され、この世にできないことなど何もない気さえする。

己を堂々と肯定できる姿に変わり、二体の超巨大恐竜は湿原に着地した。

ドゴオオォンッと後肢から衝撃が響いたが、湿原の水分は二体が生む轟音（ごうおん）を吸収する。

乾いた大地のような音は立たず、まるで水に落ちたかのようだった。

「グオオオオォ――ッ！」

開戦の雄叫（おたけ）びは止められない。

他ならぬ暴君竜の可畏には、止められないものだった。

目の前に現れた皇帝竜――マークシムス・ウェネーヌム・サウルスは、地上で見てもやはり
大きく、その威迫力とは反対に酷く静かだ。

肉食恐竜と草食恐竜の差なのか、それとも経験の差か、頭で考えたのは一瞬だった。

暴君竜となった可畏は、皇帝竜と目を合わせるなり捕食モードに切り替える。

咬みつく、引き千切る、息の根を止める。その手順さえ踏めばいい。

全神経を一つに束ね、最上級の血肉を味わうためだけに動く。

――勝てる、俺なら勝てる！　皇帝竜の血を啜り、俺はさらに強くなる！

エリダラーダで戦った時と今は、条件が違う。

今の自分はあの時より巨大化し、強くなった。

皇帝竜の毒を無効化できることも実証済みだ。あとは雑念を捨てるのみ。

相手がミハイロにとって大切な父親だということも、竜人界の均衡を保つのに必要な究極の奇特種だということも、今は考えない。余計なことは一切考えてはいけない。

俺は強い、俺はデカい、最強だ！　そう信じて、人間的な思考をかなぐり捨てる。

躊躇なく暴虐できる本能に身を委ねなければ、こんなモンスターに勝てる道理がないのだ。

《十二》

月の薄衣(うすぎぬ)を剝ぐ竜巻が二つ、丹頂(たんちょう)湿原の中央に立ち上る。

夜空にぽっかりと、澄み切った黒い大穴が開いた。

そこから射し込む月明かりは、スポットライトとして二人を照らす。

否、正確にはもう『二人』とはいえない姿になっていた。

空気中の水分によって膨れ上がった彼らに、人間らしさは露ほども残っていない。

「う、ぅ……やっと、風やんだ？」

「やーんだよ！　マーマ、『キーヤー』ってゆってたお」

「ん、『キーヤー』ってゆってたね、マーマ、びーっくりちたのね」

潤(じゅん)は展望台の際にしゃがみ込みながら、三人の子供を抱えて恐る恐る顔を上げた。

強度の高い安全柵がなければ吸い込まれてしまいそうな突風だったが、慈雨(じう)と倖(こう)はいつもの如(ごと)く可畏(かい)の恐竜化に喜んでいる。

今回はさらに大きなツァーリも一緒とあって、かなりテンションが上がっているらしい。

潤が命の危険を覚えた瞬間ですら、「おかぜびうんびうん！」「いっちゃんしゅごーね！」と、これまでで一番凄い風だと驚きつつも楽しんでいた。

一方、ミハイロは恐竜化を見慣れているようで、変容そのものへの関心は薄かったが、潤に肩を抱かれたことには驚いていた。

スキンシップにあまり慣れていないから吃驚したのか、一応人間で弱者である潤に守られることに驚いたのか、暴風の中で「ボク、ダイジョブ」と遠慮した。

はしゃぐ双子とは違い、可畏やツァーリのことを心配しているようにも見える。

――可畏は殺気を漲らせてたけど、ツァーリは普段通りの感じだったし、慈雨と倖は可畏が絶対だと信じてるとこあるから、あまりわかってないんだろうな。このまま命懸けのバトルになるかもしれないのに……。

潤としては、戦いは疎か恐竜化自体も止めたかった。

人の形を捨てれば理性も捨てやすくなり、攻撃的な本能が勝る危険がある。

そう思っているにもかかわらず止められなかったのは、エリダラーダで二人を止めた時とは違い、潤もまた本能に流されたせいだ。

風が本格的に動くと、子供達のことしか考えられなくなった。

近くにいた慈雨と倖はもちろん、少し離れていたミハイロの肩を引き寄せ、四人で固まって暴風に耐えた。それが今の潤の精いっぱいだった。

非力な自分が出しゃばるまでもなく、おそらくなんとかできる子供達だとわかっている。

こうして風がやんだ今になって、可畏を止めることに全力を注ぐのが我が子を守ることでもあったんじゃないかと思っても、すでに遅い。

「可畏！　可畏、やめてくれ！　ツァーリも！　こんな所で馬鹿な真似しないでくれ！」

潤は展望台の床に膝立ちになり、『二人』とは呼べない姿の彼らに向かって叫んだ。

上空からは雲が消え、赤裸々な月に加えて、星まで明るく巨体を照らしている。

「パーパ、おっきねー！　コーのパーパ、かっちょーいの！」

「コーたん、アーリしゃん、もっともっと、いーっぱいおっきよー」

「アーリしゃん、とげとげらね！　おくびながーの！　おいろはねー、むあさきらねー」

「んっ、おめめもらよ！　おめめもむあさきらよ！」

「そんなこといってる場合じゃないだろ！　一緒に『パーパやめて！』っていってくれよ！」

前のめりになって「おっきねー」「しゅごいねー」と感嘆する双子の服を引っ張りながら、潤は「可畏！　やめてくれ！　ツァーリもやめてください！」と声を限りに叫んだ。

そうしたところで状況は変わらず、二体の恐竜は低く唸って間合を測る。

見るからに獰猛な黒い表皮と赤い眼を持つ超進化型ティラノサウルス・レックスと、紫色の表皮と眼、そして夥しい数の刺を持つマークシムス・ウェネーヌム・サウルス——途轍もない超巨大恐竜は、潤の制止を無視して尾を高く上げた。

「可畏！」

睨み合いの果てに、暴君竜が二度目の雄叫びを上げる。

耳がびりびりするほどの咆哮にも、慈雨と倖は「パーパ、ウオォォ！」「グオオォォ！」と真似をして喜ぶばかりで、サッカーの試合に盛り上がる熱狂的なファンのようだった。

「倖っ、恐竜がここに……展望台にドンッてぶつかってきたら危ないから、皆を避難させて！」

慈雨とミロくんと俺と、四人まとめて空に連れていける⁉」

「んっ、コーね、おそらでね、パーパおーえんしゅるの！」

「ジーウも！　ジーウもね、コーたんとブーンしゅるよ！」

「ミロくん、倖の力で浮かせてもらうけど、一応しっかり摑まってて！」

二体の恐竜の戦いが始まる中、潤は倖を中心に三人に手を繫がせる。

念のため自分も慈雨とミハイロと手を繫ぎ、内向きに輪になった。

四人の繫がりが完全になった途端に、ふわりと体が浮き上がる。

「コーたん、もっともっと、パーパんとこよ！」

「んっ、みーなでパーパんとこね！　ブーン、ブーンよ！」

「倖！　近づくのはいいけどなるべく上に、真上に行って！　ツァーリの尾とか首とか、絶対届かない高さまでお願いします！」

「あーい！　ブーンッ、ブーン！」

地球にいながらにして無重力状態になった潤は、改めて倖の能力に恐れ入る。

翼竜リアム・ドレイクに引き上げられる場合は重力を感じるため、落ちる恐怖がどうしてもついて回るが、倖に浮かされるのは非常に楽で心地好かった。

こんな時でなければ楽しいくらい、重力からの解放感を味わえる。

もちろん自分の意思で動けるわけではないが、宙に浮くという、本来なら決して味わえない感覚のおかげで、危険な場所から離脱した実感を得られた。

「倖さんっ、さすがに上がり過ぎです！　これじゃ可畏が見えません！　寒いし！」

勢いよく上昇し過ぎた倖は、「ほんとら、パーパ、とおいねー。コー、ブーン、ブーンっていっぱいいちしゃったのねー」と納得するなり下降する。

慈雨は「マーマ、コーしゃんらってー、コーしゃーん！」とけらけら笑い、ミハイロだけは終始無言のままだった。

ツァーリが変容したマークシムス・ウェネーヌム・サウルスも、可畏のティラノサウルス・レックスも、重量級で跳躍はできないため、体長の二倍ほど離れれば安全を確保できる。

これでもう子供達は問題ないと思うと、潤はようやく可畏に気持ちを寄せられた。

──可畏……いまさら人間に戻ってくれっていったって戻らないだろうけど、でも、絶対に、絶対に……命の奪い合いはしちゃいけない！　地上ならツァーリに勝てるかもしれないけど、殺したら駄目だ！　ツァーリは……ミロくんの大事な人なんだから！

沼も同然の湿原で、皇帝竜マークシムス・ウェネーヌム・サウルスが刺だらけの尾を振る。

それを何度か避けていた暴君竜は、突然大きくバランスを崩した。

「可畏！」

潤が叫んだ瞬間、暴君竜は太い尾を地面につけて持ち直す。

一瞬以上の隙ができたが、皇帝竜が追い打ちをかけることはなかった。

手加減しているわけではなく、末端付近に刺の多い尾は振子のように一方向に流れるため、思い切り振り抜くといきなり軌道を変えられないからだ。

かといって得意の踏みつけ攻撃で潰すには、今の暴君竜はあまりに大きい。

皇帝竜が本気を出したところで、あっさりと終わらない程度に拮抗して見えた。

「グオオオオォ――ッ！」

口から炎を噴きそうな暴君竜の凄み方も、尾ばかり使って相手の体力を消耗させる皇帝竜の戦い方も、エリダラーダで繰り広げられたものとさほど変わらなかった。

しかし潤から見て、あの時とは明らかに異なる点が二つある。

エリダラーダで戦った時、暴君竜は皇帝竜の血肉によって進化して途中から巨大化したが、今は最初から巨大化している。前回と同じく、皇帝竜の尾を口で受け止めたとしても、以前に増してしっかりと持ち堪える力があるはずだ。

――何より、あの時とは違って毒への耐性があるのがハッキリしてる。半信半疑じゃなく、本当に免疫体質だってわかってるから、可畏は刺を恐れず果敢に立ち向かえる！

元々免疫体質なのは可畏の実母の竜嵜帝訶だが、その血液から作られた血清により、可畏とクリスチャン・ドレイク博士は免疫体質に変わっている。

皇帝竜の毒刺は鋭利かつ強靭な物で、無論避けるべきではあるが、毒が効くか効かないかの差は途轍もなく大きいはずだ。

——毒が無効なのと、世界最大の肉食恐竜になった点では可畏が有利。でもやっぱり全然、ツァーリの方が大きいし、見るからに重い。何より場所が！

巨大氷窟エリダラーダで戦った時とは違い、湿原は足場が緩い。

見た目には平坦な緑が延々と広がっていても、足をついてみると深さや硬さが違い、それは踏み込むまでわからないようだった。

皇帝竜にしても暴君竜にしても、予想外の深さに踏み止まったり体勢を整えたりしている。

不本意な様子ながら退かねばならない状況に陥ることもあり、一歩一歩慎重に動いていた。

——こういう不安定な場所だと、二足歩行は不利だ。当然動作も遅くなるし、もし倒れたら簡単には立ち上がれない。これは、ほとんど運の勝負になるんじゃ……。

有利な点と不利な点をそれぞれが持ち、格闘競技のように勝ち負けが決まるだけならいいが、本気で戦えば生死を分けることになりかねない。可畏がミハイロの前でツァーリを殺すわけがないと信じてはいるものの、如何せん暴君竜は肉食恐竜だ。

そのうえ怒りに任せて変容しているため、より攻撃的になっていると思われる。

ツァーリにしても、潤を諦めていない以上、この機に乗じるかもしれない。

気が長く、可畏が寿命を迎えるまで待てるようなことをいっていたが、早いに越したことはないはずだ。何より恐竜化もバトルも可畏から仕掛けているため、返り討ちにしたとしても、潤や子供達にいい訳が立つ。実際に許されるかどうかは別として、可畏を殺す絶好の機会だと彼が考えたとしても仕方がない状況だった。

「マーマ、ちぃらよ！　パーパのちぃ！」

「ちぃがっ、おかおんとこ、ちぃがでてゆお！」

可畏の恐竜化にハイになっていた慈雨と倖は、ようやく事態の深刻さに気づく。

皇帝竜の毒を恐れずに攻め入る分、暴君竜はすでに無数の傷を負っていた。

咬みつかなければ始まらないとばかりに獰悪な口を開け、棘だらけの尾を捕えようとするが、そのたびに躱されて顔を切られている。

「可畏……！」

血を流しても傷はすぐに塞がり、毒も効かない今、命に別状はない――確かにないのだが、そんな状態がいつまでも続くとは思えなかった。

暴君竜が攻撃に相応しい足場を見つけだし、本気で踏み込んだ時、正当防衛という形で返り討ちに遭うかもしれない。恐竜同士が戦う以上、無事でいられる保証はないのだ。

《十三》

緑深く冷たい沼に沈む体をうねらせて、可畏は濃霧の如き息を吐いた。

体温が低いマークシムス・ウェネーヌム・サウルスの息は視認できないほど薄く、尾以外はほとんど動かないため生物としての存在感も薄い。どちらかといえば無機質な建造物だ。

しかし彼は確かに生きている。皇帝の名を冠するに相応しい孤独を感じたり、抗い難い恋に落ちたりと、人間と縁遠い体を持ちながらも非常に人間的だ。

彼と自分が同じものを求め、理解し合えるところと決して相容れないところがあるからこそ、厄介な問題が生じている。今こうして、覇権争いとは別の動機で戦っている。

「グウウゥ――ッ！」

安定した足場をようやく見つけた可畏は、遂に皇帝竜の尾を捕らえた。

上下の鋭い牙と牙の間に紫色の尾を迎え、顎や頸に衝撃を受けながらも喰らいつく。

勢いで数十メートル後ろに流され、湿原に湾曲した川を二本作りだすものの、倒れることはなかった。もちろん、捕らえた尾は放さない。

「ギイイ……ッ！」

皇帝竜が痛みに悶え、長い首をうねらせる。

なんて心地好い声だろうか。とても痛そうであり、悔しそうでもあり、もっともっと聞いていたくなる。もっと痛めつけて、苦しめたくなる。

――血が美味い……吸えば吸うほど、食えば食うほど力が漲る、最高の血肉だ！

エリダラーダで戦った時は、尾を左右に振られて氷の上を引き回された。

酷い摩擦が起き、氷窟の床が鉄板並みに熱く感じられたのを今でも覚えている。

軽量級の雑魚恐竜扱いをされた屈辱感も、皇帝竜の血によって得た恍惚感も、まるで昨日のことのように蘇った。

――俺は、お前の血肉によって進化した！　いくらデカくても、毒を持っていても、お前は草食恐竜だ！　毒が効かない俺にとっては、高滋養の餌でしかない！

筋張った硬い生肉を切るように鋸歯縁を食い込ませ、可畏は皇帝竜の尾を食い千切る。

限界値が上がったことで口も牙も大きくなり、顎の力も一段と強くなっていた。

振り回されることもなく、厄介な尾を短くみっともない物にしてやれる。

「ウウウウウゥゥ――ッ！」

苦しげに叫ぶかと思いきや、皇帝竜は声を殺して呻くばかりだった。

自慢の棘尾を失ったにもかかわらず、叫んでたまるかと意地を張っているらしい。

空では潤が代わりに声を上げ、「もうやめてくれ！」と何度目かの制止をかけてきた。

潤の望みはなんでも叶(かな)えてやりたいが、愛があってもできることとできないことがある。

申し訳ないが、今の場合は後者だ。

皇帝竜の首に咬みつくにあたり、どうしても邪魔になる棘だらけの尾を……顔をズタズタに切り裂かれながらも遂に捕らえた。

さらには完全に食い千切ることまで成功したのに、今ここでやめられるわけがない。

――ツァーリの再生能力は俺と同程度！　迷ってる時間は一秒もねえんだ！

草食恐竜の美味な血肉と共に、肉食恐竜の不味(まず)い血が流れ込んでくる。

免疫体質を手に入れたとはいえ、毒を受けてまったく反応しないわけではなかった。

無数の毒棘で切られた顔の傷は熱を持ち、毒を排除しようと多量の血を流す。

通常よりも傷の治りが遅くなり、片目は棘に裂かれて見えなかった。

――首さえ咬めば俺が勝つ！　この牙は絶対に、捕らえた獲物を逃がさない！

くわえた尾を闇に向かって放り投げ、巨体の先に伸びる首に向かう。

建築中のマンションの屋上から生えたクレーンのような首は、明らかに後退した。

咬まれたら終わりだとわかっているからこそ、胴体は動かずに首だけが動いて逃げて、尾を再生させるまでの時間を稼ごうとしている。

「可畏！　やめてくれ！　可畏の勝ちだ！」

勝負はついたと訴える潤に皇帝竜が従うなら、降伏を受け入れ、このまま変容を解くという選択肢もなくはなかった。

ミハイロを利用して潤を危険な目に遭わせたことは許し難く、できることなら首を落としてやりたいが、それが最善ではないことはわかっている。

苦痛の果てに潤は復活し、皇帝竜の主張が事実なら、永遠の若さを手に入れたことになる。

今ここで皇帝竜が死ねば、ミハイロは傷つくだろう。

自分がよかれと思ってしたことが発端になり、父親同士が血腥い戦いを繰り広げたのだから傷つくのも当然だ。ましてや片方が命を落とす事態になったら、一生忘れられないトラウマになるかもしれない。

——駄目だ、考えるな！　今の俺には、ツァーリを殺す正当な理由がある！　奴にとっても俺にとっても、これはチャンスだ！　誰にも邪魔されずに潤と子供達と暮らせる、かつてないチャンスなんだ！

可畏はツァーリを殺すことだけを考え、湿原を駆ける。

敵が降伏するのを期待して攻撃の手を緩めれば、危うくなるのは自分の命だ。

澄ました顔をしていても、ツァーリには欲がある。潤に憎まれずにその心を手に入れるため、何十年でも待つ覚悟ができている。『今』を譲る生き方は理解し難いが、ある意味では非常に執念深く、欲も深いということだ。

「グオオオォォォ――――ッ！」

暴君竜は叫び、渾身の力を込めて皇帝竜の首を狙う。

二体が恐竜化する際に上空に空けた穴が、完全に閉じようとしていた。

まず星々が姿を消し、月光の通り道も失せて、地平線が見えるほどの大湿原が闇に呑まれる。

空から潤の声が降ってきたが、意識を寄せることはできなかった。

未来永劫、潤を自分だけの物にしたい。

――最初から、邪魔者だらけだった。竜嵜帝訶も兄も、クリスチャンもリアムも蛟も、双竜王を名乗る双子も、それぞれの理由で俺と潤を引き裂こうとした！　中でもコイツは別格だ。

自分の血を引く子供を潤に産ませ、切っても切れない明確な絆を作り上げた！

この男が生きている限り、気が休まる日は永遠に来ない。

竜人社会がティラノサウルス・レックスよりも強いと認識しているマークシムス・ウェネーヌム・サウルスを倒せば、頂点に立てる。竜王の中の竜王になれる。

潤の身を守る絶対不可侵権も、今度は自分が与えればいいのだ。

潤を奪われるのではないか、大切な家族を傷つけられるのではないかと脅かされることなく、自由でいられる。

「グウゥウッ！」

「ギィ……ッ！」

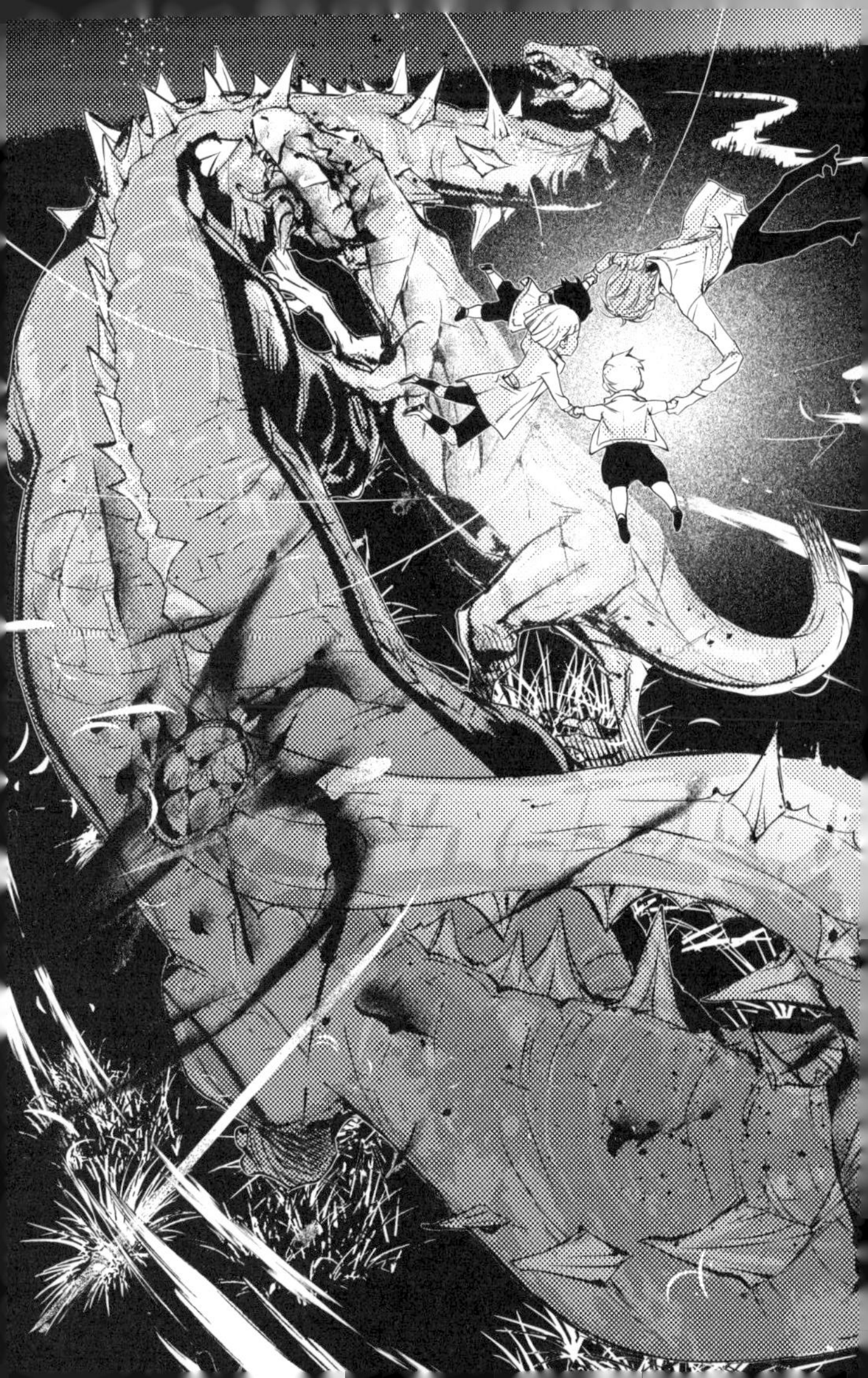

端から端まで毒棘を生やす皇帝竜の首を、暴君竜の牙が襲う。

底なし沼のような湿原に後肢が沈み始めたが、構わず口を開いて咬みついた。

今も己の血で片目が見えず、棘のない部分を上手く狙って咬めるほど恵まれた状況ではない。

それでも確かに咬んで、牙の尖端で硬い表皮を突き破った。

氷柱の如き冷たい棘が、下顎に刺さる。

ひんやりとした毒が侵入してきた。それを打ち消すために口内が熱を帯びる。

氷と炎が戦うようにぶつかり合う中で、可畏は容赦なく顎に力を籠めた。

残酷なことをしている自覚はあったが、やめる気にはなれなかった。

上空からは潤の声が絶えず降り注ぎ、慈雨と倖と、ミハイロの気配を感じる。

ミハイロには本当に申し訳なく、今度こそいくら謝っても許してもらえない不安があったが、やめられなかった。

可畏は一人の竜王として、牙を深く食い込ませていく。

ミハイロを利用したツァーリへの怒り、潤や子供達との安寧を求める想いを、牙という牙に籠めて食らいついた。

「——ッ、グ……ゥ!?」

潤の目には血の色さえわからないであろう闇の中で、皇帝竜の命を奪ったつもりだった。

それなりの罪悪感まで覚えながら、首を断ち切るつもりで咬んだはずだった。

——な、なんだ……嘘だ、ろ？

呻き声を上げたのは自分で、下顎の力が一瞬で抜ける。

何が起きたのか気づくより先に、口を開かずにはいられなかった。

顎に浅く刺さっていた皇帝竜の毒棘が、いきなり増長して体積を増したのだ。

顎を貫通してはいなかったそれが急激に伸びて太さも増し、片方の顎関節を粉砕しながら、下顎に大穴を開けて喉に達している。

グゥグォ、グゴァ……と、自分の声だと認めたくないほど醜悪かつ軟弱とも取れる声が漏れ、同時に血を吹く。

泥沼に浸かった後肢をばたつかせ、刺されながらも胴体部を守るしかなかった。

退いたところで首より上はろくに動かせず、下手に動けば首が千切れて、二つ身になるのは間違いない。

「グ、ッ……ゥ！」

「可畏！」

潤の悲痛な声が、一際クリアに聞き取れた。

ぎりぎりのところで首から下は守れたが、間一髪で助かっただけの話だ。

あと一瞬遅れていたら、棘は自分の体を貫通していただろう。心臓や腹に至るまで串刺しにされて、ドラキュラ伯爵の餌食のように無残な死体になっていたかもしれない。

──他の棘が……なくなって、る……一つに集約して、体積を……変え……！

皇帝竜の首に生えた下向きの棘の一本……口に含んでも咬みついても命に別状はないはずの大きさだった一本の棘が、持ち主の意のままに巨大化し、可畏の首を貫いて離れない。

安定した四つ足のマークシムス・ウェネーヌム・サウルスの体と、底知れぬ湿原に渡された架け橋のようなそれから逃げるには、口と首を犠牲にするしかなかった。

──まずい……頭が……っ、落ちる！

暴君竜の頭部は重過ぎて、酷く損傷した首では支え切れない。

異物が間に入ったままでは再生も儘ならず、じっとしていることしかできなかった。

首から上が胴から離れる感覚は、双竜王との戦いで味わったことがある。

あの時も言葉でいい尽くせないほど苦しかったが、刃で首を切断する破目になることを予め覚悟して、分断されたあとのことを考えて行動していただけましだった。

──駄目だ……ここで首を落とされたら、繋げられる保証はない！　首が湿原に落ちれば、間違いなく沈み込む！

かつて首と胴の接合が叶ったのは、切断面がギロチンで落としたように直線的で繋ぎやすい状態だったことと、頭部をプールに落として汚染を最小限に押さえられたからだ。前肢に頼れない暴君竜の身では、最初から角度まで調整できる環境でなければ接合は難しい。

今は条件が悪過ぎて無理だ。ここで落とされたら確実に命を落とす。

――なんで……っ、こんな……馬鹿な！

棘と呼ぶのは似つかわしくない大鑓に貫かれながら、可畏は勝利の幻を見たことを悔やむ。こんな攻撃を受けるなど、想像もつかなかった。

竜人は背負う影を塗り潰すように変容する生き物で、そこからさらに変形などできない。肉食恐竜最強と謳われる暴君竜の竜人には、人間としての姿か恐竜としての姿しかなかった。棘が欲しいと思っても一本たりとも生やせず、アンバランスで役立たずの前肢を役立つ物に変えることもできないのだ。

「可畏！　可畏――ッ！」

下顎から首までを串刺しにされながら、可畏は潤の声を聞き、いくつもの光景を目にする。潤を殺すよう部下に命じたあと、生きていてくれと願いながら井戸に向かったこと。そこで潤が生きているのを確認して、人の命をこの上なく大切に感じた瞬間を、まざまざと思いだす。

一秒にも満たない間に、数え切れないほどたくさんの潤の姿が浮かんできた。

泣いている潤もいれば、血塗れの潤もいるけれど、ほとんどの潤は笑っていた。

水槽の中の二つの卵も見える。それが割れて慈雨と倖が出てくると、思いだすだけで壮絶な緊張と、えもいわれぬ幸福感まで蘇る。

ミハイロの孤独な孵化も、過去の記憶の一つとしてありありとイメージが浮かぶ。

その場に立ち会いたかった想いが魂となって過去に飛び、実際に見ているかのようだ。

渉子(しょうこ)や澪(みお)の姿も見えた。慈雨と倖(いと)を愛しげに見つめる彼女達を、今は家族のように思う。

覚悟を決めて増やした大切なもの、それに付随して増えていった大切なものが、きらきらと光っていた。

――死ぬ前に見えるとかいう、走馬灯みたいだ……ああ、また……潤が見える。俺の記憶の九割は、お前なんだな。子供を持っても、やっぱりお前が……。

可畏にとって潤は、生まれ出(い)でた瞬間から体にべったりと纏(まと)わりついていた血糊(ちのり)と肉塊を、洗い流してくれる清水のような存在だった。

洗われて剝(む)きだしになった自分こそが本当の自分で、鎧(よろい)を脱いだ戦士の如く、愛することに素直になれる。弱さを晒(さら)して、安らぎを求められる。

今も、心が勝手に言葉を紡いだ。

お前が好きだ、愛している、愛している、愛している――まるで遺言のように、すでにもうわかり切っていることを、あまりにも当たり前のことを、いい残さずにはいられない。

「可畏!」

遂に死が迫っているのだろうか。自分の運は尽きたのだろうか。

抗いたくても抗えず、死を受け入れるしかないとしても、せめて最期に潤の顔を見たかった。

声だけでは耐えられない。顔を見たい、潤と目を合わせて死にたい。

──いや、駄目だ……死にたくない……死ねない、死んでたまるか！

負けを認めるだけではなく、死まで受け入れそうになる自分を許せなかった。

無責任な心を制するために、可畏は空を仰ぐ。

生にしがみつく理由を、きつく睨み据えるように見た。

そこには確かに潤がいて、子供達と手を繋いで輪になっている。

愛しかない、愛しい者達だけの輪は、闇空に浮かぶ天使の輪のようだった。

「可畏……っ、人間に戻ってくれ！　首を、首を押さえて！」

生傷を抉じ開けるように痛々しい潤の声が、確かに聞こえる。

皇帝竜の巨大化した棘は今も下顎や首を貫き、その末端は湿原に埋まり込んでいた。

どうしたって逃れようがないものの、唯一望みがあるのは恐竜化を解くことだ。

逆に即死の危険性もあるが、運がよければ生還できるだろう。

何より、人間に戻れば手を使える。恐竜のまま首が飛ぶよりは、生存率が高いはずだ。

「グウ、ゥウウウ──ッ！」

先に人間に戻れば負け。けれど死ぬよりは確かにましで、プライドよりも優先すべきことはわかっている。ただ、まだ諦められなかった。

勝つことも生きることも、諦めたくない。

──俺は……俺は、暴君竜だ！　吸血を得意とする……っ、暴君竜だ！

世界中の暴君竜の中で、自分が特に優れていることは何か——変容速度、再生能力、そして人型でも使える皮膚越しの吸血能力。

エリダラーダで皇帝竜と戦った際に新たに得た力は、非接触での吸血だった。

どうやったらあれをもう一度できるのか、頭で考えてもわからない。

わからないけれど、瀕死の体があの時の感覚を思いだす。

草食恐竜の血を全身が求め、どんな手を使っても吸い上げようとしている。

「グオオオォォォ——ッ！」

「……ッ、ゥ！」

首を穿つ硬い棘は、鉄でもなければ石でもない。それらと同じくらい硬く感じても、所詮は皮膚だ。超進化した草食恐竜の細胞が水分を含み、硬化して出来上がった角質に過ぎない。

生々しい傷から自身の血を吹きながら、暴君竜は皇帝竜の血を吸い上げる。

非接触でも吸える体は、湿原に散った冷めた血まで吸い寄せた。

血の霧が舞い上がり、皇帝竜の血を取り込んだ体に力が漲る。

「可畏……っ、もうやめてくれ！」

潤が止めるのは、どちらの身を案じてのことだろう。

最高の血を取り込んで、自分は回復しつつある。皇帝竜は今回もまた貧血に陥るはずだ。

首を刺し貫く棘から水分を奪い、確実に棘を痩せ細らせているのがわかる。

潤からは見えないかもしれないが、勝利は目前だ。

動きはなく、静かに、とても静かに、血と共に勝機を引き寄せている。

「ウグ、ゥウゥゥ――！」

「ギイイイ……グウゥ！」

皇帝竜の目が動き、高い所から睨み下ろされた。

紫の目は普段の彼とは大違いに、ぎらぎらとした生気に満ちている。

千年以上の時を生き、生への執着など薄れていたはずの男が、「ここで死んでたまるか」と、自分と同じことを思っている。愛する家族と共に生きるために、必死になっている。

――クソッ……いくら吸っても、結局……消せるわけじゃねえ！

暴君竜の下顎と首を貫く棘は、枯れて細くなっても失せはしない。

鑓から錐になるほどの変化はあったが、串刺しで捕らわれた状態のままだった。

いつまた膨れ上がるとも知れず、踏み込めない状況は依然変わらない。

可畏は首の傷と顎関節を修復しながら、攻撃の時を計る。

――棘が細いうちに、一気に踏み込んで咬みつけば……いや、あの太い首を食い千切るには時間がかかる。その間に棘を巨大化されたら、今度こそ首が飛ぶ。左右どっちに逃げても口が裂け、首の半分は切断される……そのうえ奴の尾が、間もなく完全に！

水分が豊富にある環境と皇帝竜の再生能力を考えると、無闇に動けなかった。

吸血は続けていたが、棘を痩せ細らせた時点で容量オーバーで、もう勢いはつけられない。

引き寄せた勝機を掴むには、やはり横に逃げて首を犠牲にするしかなかった。

半分切れた際に頭部の重みに耐えられるか否か、おそらく否だろうが、再生速度に頼れば、首を繋げられるかもしれない。頭を押さえられるほど長い前肢も尾も持たない暴君竜の身では、命懸けの選択だ。動いたが最後、人生が終わりかねない。

「可畏！　人間に戻ってくれ！　可畏！」

もう何度も同じことをいわれている。

その言葉に従えないのは、結局のところ人間ではないからだ。

勝つことは生きること、負けることは死ぬことだと、本能に刻み込まれている。

「パーパ！」

左側に体を逃がすと決めた可畏の耳は、慈雨の声を捉える。

これまでにも潤や侼の声と被さって「パーパ！」「パーパ！」と悲痛な声が届いていたが、今の言葉は特に耳に残った。

単に身を案じる声ではなく、ある種の自信に満ちていたからだ。

それは戦闘に割り込む声、オーディエンスではなく、プレイヤーの声だ。

「パーパ！　キンキーン！　キンキーンよ！」

上空で慈雨は侼の手を離し、片手を大きく振り下ろす。

闇夜に白い波を描くように、細氷が煌めいた。

六月の空が凍りついた次の瞬間、皇帝竜の棘が氷に包まれる。

吸血により細く枯れていた紫色の表皮が、たちまち氷漬けになった。

——慈雨……！

「キーンキン！　キンキーン！」とさらに叫んだ慈雨は、氷のコーティングを重ねていく。

上空からは倖の声も届き、「パーパ！　ジーくん！　ばんばって！」と応援していた。

潤は驚いて絶句しているようだったが、慈雨を止めはしない。

慈雨が凍らすのは、可畏の牙の手前までだった。

——コイツは、あの氷窟で生きてきた耐寒性の強いモンスターだ。棘を凍らせたくらいじゃダメージは与えられない。ただし、確実に隙は出来る！

慈雨が作ってくれたチャンスを逃さず、可畏は左側に身を反らす。

ブチブチと音がして、微動だにしない皇帝竜の棘に舌と顎と首を裂かれた。

内側から一方向に引き伸ばされた肉と表皮が、一気に割れる。

刃物で首を切断される痛みは、なんて優しいものだったのだろうかと、思わずにいられない苦痛に意識が飛びかけた。

呻き声すらろくに出ず、痛みのあまり朦朧としてくる。

焦点は合わなくなり、空一面に広がる潤の悲鳴が耳に焼きついた。

――潤……もしも失敗した時は……万が一、俺が死んだ時は、子供達と待っていてくれ……お前が永遠の若さを得たなら、俺は……すぐに蘇るから。輪廻転生でもなんでもして、すぐに追いつき、お前と一緒に生きるから！

万が一どころではなく、痛くて痛くて半ば死んでいる気がした。

来世を誓いながらも、可畏は今生への執念を失わない。

頭部の行方に対する意識はまだ残っていた。

首の傷を再生し、重い頭を早く支えなければならない。

落としてしまったらそれで終わりだ。この条件下で、結合は叶わない。

「パーパ！」

今度は倖の声が聞こえてきた。いつもの可愛い声とは違う、必死な声だ。

そして急に、頭部の力が抜けた。重力に支配されていたはずのそれが、解放される。

ふわりと浮くように軽くなって、大きく損傷した首でも支えることができた。

傷口で傷口を追い、塞ぎ、断たれた組織を繋げて再生を促す。

棘からも重力からも逃れた暴君竜の首は、ようやくまともに撓った。

大きいが軽くなった頭を振り上げ、「グオオォォッ！」と雄叫びを上げる。

――慈雨、倖……俺は、お前達の加勢を無駄にしない！　必ずやコイツを倒してみせると、そう誓った。

慈雨や倖がそこまで望んでいなかったとしても、今やることは一つだ。

皇帝竜の首にもう一度咬みつき、今度こそ絶対に息の根を止める。

「ダメ！　ヤメル！」

再生した顎を限界まで開いた暴君竜が、皇帝竜の首に咬みつこうとしたその時——上空から
ミハイロが降ってきた。

声だけではなくミハイロ自身が、倖の力を振り切って落ちてくる。

おそらくは類稀（たぐいまれ）な瞬発力で、重力支配から抜けたのだ。

「ミロくん！　らめよ！　あぶいよ！」

「パパ……ッ！　ツァーリパパ！」

時に無感情に見えるミハイロが、今は声を張り上げていた。

彼にとって最愛の倖の言葉に従わず、「ヤメル！」と叫ぶ。

大切な父親のために……ツァーリのために、必死で可畏の攻撃を止めようとしていた。

——ミハイロ！

華奢（きゃしゃ）な少年の体が落ちたのは、暴君竜の目の上だった。

牙を剝いた顔にわずかな衝撃を感じた可畏は、そのまま皇帝竜の首に向かう。

咬もうと思ったわけではない。ミハイロを乗せた以上、予定通り突き進める道理がないが、
突撃のために踏みだした体は容易に止められなかった。

「グアウゥゥッ！」

危ない——そう叫びたかった可畏の眼前から、皇帝竜の首が引いていく。

しかし同時に向かってくる物があった。

再生を終えた棘だらけの長い尾が、湿原と並行に空を切る。

ミハイロを乗せた暴君竜は避けたくても避けられず、すでに尾を振ってしまった皇帝竜は、その軌道を変えられない。

「ミロくん——ッ！」

潤の声が響くと同時に、皇帝竜の尾がミハイロを直撃する。

小さな悲鳴を、可畏は誰よりも近くで聞いた。しかし姿は見えない。

同時に自分も横面を打たれ、棘で切り裂かれた顔から血が飛沫く。

打撃で視界が歪み、誰の物かわからない血しか見えなかった。

「ミロくん！　ミロくん！」

潤の声に、慈雨と倖の泣き声が重なる。

目と目の間に感じていたミハイロの重みは失せて、気配も感じられなくなっていた。

シュウーシュウーと湯が沸くような音が聞こえてくる。

皇帝竜が瞬く間に気化していった。

それを肌で感じながら、可畏はミハイロの姿を求める。

――ミハイロッ、どこだ、どこに……!?

視界の先が真っ白になり、間歇泉（かんけつせん）の如く水蒸気が立ち上る。

棘尾がミハイロのどこにどのように当たったのかも、ミハイロがどこまで飛ばされたのかもわからなかった可畏は、輪郭を失っていく皇帝竜の首の先を追った。

彼は見ていたはずだ。軌道を変えたくても変えられなかった自身の尾が、我が子に当たった瞬間を、間違いなく見ていたはずだ。

「可畏！　ミロくんが……っ、ミロくんが川の方に！」

蒸気となって消えていく皇帝竜の首が向かう先は、湿原に流れる川だった。

潤の言葉通りの方向に可畏も向かい、皇帝竜のすぐ後ろで恐竜化を解く。

水と緑と泥濘（ぬかるみ）で形成された湿原で、ミハイロを踏み潰してしまわないように――ツァーリも可畏も、人の形に戻って川に向かった。

「ミハイロ！　ミハイロッ……どこだ、ミハイロ!?」

可畏は日本語で呼びかけ、ツァーリは無言で汚泥を掻（か）き分けて走る。

人型に戻ると、地形の乱れを痛感した。

二体の巨大恐竜が踏み荒らした湿原には大きな穴が残り、そこに向けてじわじわと水と泥が流れ込んでくる。

足元は常に流動し、人間としては大柄な身も、自然の前では無力だった。

一糸纏わぬ身で泥に塗れながら渦に呑まれるのは、可畏もツァーリも同じだ。

重たい泥の中に沈むのを避け、前へ前へと進むしかない。

「ミハイロ……ッ」

先を進むツァーリの白い体が、川の手前で止まった。

普段の彼からは想像もつかないほど汚れた手で、ミハイロを掬い上げる。

ぶらりと力なく下がる腕は、袖の色が判別できない有り様になっていた。

泥と血が混ざり合った赤黒い物に染め抜かれ、振り子のように左右に揺れる。

ツァーリは何度も名前を呼んでいた。

折れてしまいそうなほど細い体を抱き締め、揺さぶって、「ミハイロ、ミハイロッ！」と、何度も何度も、愛しい息子の名を呼んだ。

「――ッ、ゥ」

ツァーリの背中に迫りかけた可畏は、あと少しのところで毒棘に襲われる。

あまりにも突然のことに気を呑まれたが、優れた視力がすべてを映像として捉えていた。

人の姿のツァーリの背中から、マークシムス・ウェネーヌム・サウルスの特徴である毒棘が生えたのだ。

恐竜化の際の変容速度とは比較にならない速さで、瞬く間に数メートルの棘が数本生えて、そのすべてが可畏の目前まで伸びてきた。

「……部分、変容……っ、こんな、ことまで……」

人型のまま、体の一部だけを恐竜化する――部分変容や特殊変容と呼ばれる奇異な変容は、そう簡単にできるものではない。稀にできる者がいても、それは集中力と時間を要するもので、可畏が知る限り、大型種の竜人でそんな真似ができる者はいなかった。

――ミハイロの超高速移動に劣らない速さで……棘だけを、形成できるのか？　背後にいる俺に対し「それ以上近づくな」と警告し、ぎりぎりのところで、刺しはしない。こんな器用なことが、なんで……。

なんでできるのかと問えば、おそらく答えは一つだ。

生まれて十九年足らずの自分と、千年以上のツァーリでは経験値が違う。

人型の状態の彼が、ボディーガードなしでは地上を歩けないほど無能だとはもちろん思っていなかったが、想像以上の実力差に足が竦んだ。

結局、どうしたって敵わない。

人型であろうと恐竜であろうと、皇帝は唯一人。この男しかいないのだ。

少なくとも現時点では、間違いなく最強の男――。

「パーパ！　ブーンッ、ブーンよ！」

体は無事でも心は貫かれた可畏は、倖に呼ばれて湿原から離脱する。

流動する汚泥に黙って呑まれかけていた体が、泥の衣を纏ったまま宙に浮いた。

ツァーリの棘からも、それらを生やす背中からも、そしてミハイロからも離されていく。

ミハイロは手折られた花のように萎(しお)れていたが、息はあり、ツァーリの毒が効かない体質であろう彼は、程なくして尾による物理的ダメージを回復させるだろう。

数時間後には元通りの姿になって、自分の足で立っている気がした。

しかし、それならばいいというものではない。元気な姿を見て胸を撫で下ろしたとしても、「ボク、ダイジョブ」と許してもらえたとしても、親の痛手は大きい。

何事もなかったかのように忘れられるわけがない。

——特に、子供を傷つけてしまった親にとっては、つらい。とても……。

泥塗れになってミハイロを抱き締め、その身を摩(さす)るツァーリの背中に、可畏は自分の痛みを重ねる。

子を持ち、育むことは、不安や危険を孕みながら生きることだ。

慎重でいるつもりでも失敗して、後悔して、我が子を失う恐怖に何度も凍りつく。

そのたびに揺らいでしまう自信は、無理やりにでも固めなければならないものだった。

今、ツァーリが長い人生の中で初めて味わう親としての想いを、可畏はすでに知っている。

「可畏！　ミロくんは⁉　慈雨と倖が、『ミロくんは大丈夫よ』って……ちゃんと動いてるっていってるけど、ほんとに⁉　ほんとに大丈夫なのか⁉」

潤の声を間近で聞くと、親である自分とは別の自分が呼び覚まされるようだった。

その胸に縋りつきたい衝動を抱えながら、可畏は潤の手を取る。

寒空で冷え切った手を握ると、瞼が燃えるように熱くなった。

帰るべきところに帰ってこられた喜びと、皇帝竜に勝てない悔しさに打ち震える。

「ミハイロは生きてる。傷も、たぶんすぐ塞がる」

潤の質問に安定した口調で答えながらも、心では咽び泣いた。

認めたくはなかったが、ミハイロの行く先が見えてしまう。

大好きな倖の制止を振り切ってまでツァーリを助けたあの子は、自分の進むべき道に気づき、おそらくツァーリを選ぶだろう。

「可畏……ミロくんっ、よかっ、た……生きてて、くれて……よかっ、た」

声を上擦らせて素直に泣く潤に引き寄せられながら、可畏は「パーパッ！」と迎えてくれる慈雨と倖の背に手を伸ばす。

すべてを手に入れることはできず、抱き抱えられるのは三人だけだったが、それでもいいと今は思えた。ミハイロの命が繋がり、これからも生きていてくれるなら、親に愛されて幸せに暮らせるならば——それだけでいいと、思えるようになっていた。

《十四》

釧路滞在最終日、潤は双子を連れてホテルのエントランスに出る。

前夜に超巨大恐竜がバトルを繰り広げたにもかかわらず、滞在期間は変わらなかった。

先に出立するツァーリ一行の中には、サバーカのリュシアン・カーニュとニコライ・コトフ、その他に小中型の肉食恐竜の竜人が六人いて、本当はボディーガードなど必要ない最強の主の背後を固めている。

昨夜からほとんど何も喋らないツァーリは、その手にミハイロを抱いていた。

自分で歩ける五歳ほどの子供を、今はしっかりと抱えて離さないツァーリの想いが、潤には痛いほどよくわかる。

「本当にエリダラーダに行くの？　最後の最後に迷ってたりしない？」

変更は大歓迎ですよといわんばかりに迫った潤に、ミハイロは黙って頷いた。

迷っている様子はなく、潤を見て、そして潤の両脇に立つ慈雨と倖を順番に見て、もう一度深く頷く。

「そっか、俺達としては引き止めたいけど……迷いがないならそれが一番なんだろうな。でも本当に淋しいんだよ。俺も慈雨も倖も、可畏パパも」

潤が苦笑すると、ミハイロは神妙な顔でホテルを見上げる。

その視線の先にあるのは、三階の南側にある竜寄家専用ルームだ。

初夏の午後の光の下で、潤は手をサンバイザー代わりにして窓を見る。

優雅に撓むカーテンの陰に、可畏が立っていた。

窓硝子に指先を当てながら、こちらを見下ろしている。

その視線の先にいるのは、別れ難い三人目の愛息、ミハイロだ。

可畏は「首の接合が不完全でまだ痛む。俺はここで」といって独り部屋に残ったが、本当は、無理をして決めた覚悟が鈍りそうだったから残ったのだ。

本来の彼は強がりで、敵がいない状況ですら痛みを隠す。

見送りに出てしまうと揺らぎそうな想いを抱えている可畏の気持ちも、わかり過ぎるくらいわかっていた潤は、二人の父親の間で中立の立場を守っていた。

ミハイロと別れたくなくてしくしくと泣いている倖を使って、こちら側に残る場合の利点を並べ立てる手もある。

こらえている涙を止め処なく流し、母親という立場を利用して情に訴えることもできる。

一斉蜂起をかければ子供心を揺さぶって、もう一度こちら側に取り込めるかもしれない。

「ミロくん、元気でね」

手放したくない欲が甘い言葉を次々と生んだが、涙と共に押し込めた。

倖は「ミロくん……っ、ぅ、ミロくん」と恋しがって泣き、ミハイロも倖に未練たっぷりの視線を送る。

大きく揺さぶれば、こちら側に傾きそうな表情に見えた。

慈雨は泣きこそしなかったが、ぶすっと唇を尖らせて露骨に不機嫌な顔をしている。

水が苦手な倖とは違った遊びができる弟として、ミハイロの存在を好ましく思い始めていた慈雨にとって、ミハイロとの別れは面白くないのだ。

ミハイロが潤に咬みついたことを早々に許した倖とは違い、「あいちゅきりゃい！　マーマかんだ！　ブァーカッ、ブァーカよ！」と昨夜は悪態をついていたものの、可畏と潤の説得を受け、その件は一応水に流している。

今ぶすっとしている理由は、ミハイロと別れたくないからだ。

それでいて倖がミハイロとの別れに泣くのを見ると、嫉妬を覚えて不愉快らしい。

「慈雨、ミロくんに『またね』ってしよう」

潤が促すと、慈雨は明後日の方を見て「まちゃねっ」とぞんざいにいう。

実に小憎らしい態度だったが、演じ切れずに声が震え、涙声になりかけていた。

そっぽを向くのは、そうしないと泣いてしまうからだと察した潤は、慈雨を叱れない。

「ジウニーサン、マタネ。プールアソビ、マタネ、シタイ」

「……んー……んー、いーよ」

不請不請だとアピールしながら涙をこらえる慈雨の姿に、潤も涙を呑んだ。

好き嫌いがはっきりしていた慈雨が、曖昧で複雑な感情を持ったのは成長の証(あかし)だ。

ミハイロが日本に残ってくれたら、三人は竜嵜家の三兄弟として仲よく暮らし、喧嘩(けんか)したり仲直りしたりを繰り返しながら、切磋琢磨(せっさたくま)して育つだろう。

成長するのは親も同じで、彼らと共に新たな経験をして、立ち塞がる壁を乗り越えるたびに大人になっていくのかもしれない。

ミハイロを引き留めた先にはきっと、光り輝く日々が待っている。

「ミロくん……髪、ちょっと触っていい？」

潤は一言断ってからミハイロの髪に触れ、一筋そっと摘まんで毛先まで撫でた。

さらさらと逃げるように流れる髪を、毎朝この手で梳(と)かせたらどんなにいいかと思わずにはいられない。

けれども自分よりも可畏よりも、この子を必要としている人がいる。

ミハイロを抱くツァーリの手を……千年の孤独を生きた彼の指に籠められた力を、無視することなどできなかった。

「カイパパ……オコテル？　オコ、テイル？」

「まさか、怒ってるわけないだろ。淋しくてしょんぼりしてるだけだよ。ミロくんがたくさん遊びにきてくれる約束してくれたから、大丈夫」

その約束だけが、今の潤と可畏の心の支えだった。

慈雨と倖にとっても、そしてミハイロ自身にとっても大切な支えになっているはずだ。

「ボク、タクサン、イク」

「うん、皆で待ってるよ。俺達はミロくんの家族だから、いつでもおいで」

お世辞にも表情豊かとはいえないミハイロの感情表現を、潤は初日よりも読み取れるようになっていた。

頭や視線のちょっとした動きや、瞬き(まばた)の長さ、唇の結び方で、ミハイロが驚いたり照れたり、喜んだりしているのがわかる。

「潤、私としては頻繁に日本に来させるつもりだ」

「ツァーリ……」

昨夜から極端に口数が少なくなったツァーリは、ミハイロの背中を緩やかに摩る。

寒くはないかと気遣い、温める手つきだったが、それ以上に、ミハイロが自分の手許(てもと)にいることを感じたがっているように見えた。

「子供が育つ環境として、君のところが理想的なのはよくわかっている」

彼はそういいながらもミハイロを離さず、むしろ力を籠めて抱き寄せていた。

自分の尾で酷く傷つけてしまい、打ち所によっては命を落としていたかもしれないと思うと、片時も離れられないのだろう。

昨夜は眠るミハイロの手を握って離さず、ミハイロが「ボク、ダイジョブ。ヒトリ、ネル、デキル」といっても聞く耳を持たなかった。

頻繁に日本に来させる——というのは嘘ではないのだろうが、今は一時も離れられないのがツァーリの本音だ。

「じゃあ、お元気で」

潤はミハイロと手を振り合い、ツァーリに会釈する。

感心なことにミハイロは三階の窓を再び見上げ、可畏にも手を振った。

もちろん可畏も応じて、父と子は互いに少し照れながら別れを惜しむ。

ボディーガードの竜人達の手で、車のドアが開けられた。

ツァーリは乗り込む寸前に足を止め、潤を見やる。

血色が戻った唇が、何かいいたげに動いた。

《十五》

超巨大恐竜のスケールを上回る広大な緑に、マークシムス・ウェネーヌム・サウルスの影が完全に呑み込まれるまで、潤はツァーリ一行を見送った。

車両は疾うに見えなくなっていたが、恐竜の影だけは長いこと見えている。

慈雨も倖も同じようにしていたので、三人で手を繋いだまま立っていた。

ツァーリの影を見ているからといって、彼を想っているわけではない。

あの影の下にミハイロがいるんだと思うと立ち去れなかっただけだ。

それはきっと、慈雨も倖も同じだと思った。

――さっきの、「私は諦めないよ」だったのかな?

不思議と、影が見えなくなった途端にツァーリの顔が浮かんでくる。

声は出さずに動いた唇が何をいったのか、読唇も読心も無理なので想像するしかなかったが、おそらく「私は諦めないよ」か「私は待っているよ」のどちらかだ。

ミハイロを抱いていたにもかかわらず、彼の目には欲望があった。

あれは雄としてのものだ。父親としての欲とは違う。

可畏が向けてくる目と同じ性質だと感じたのは、残念ながら勘違いではなさそうだ。

「そろそろ部屋に戻ろうか」

角膜にへばりつくツァーリの視線を洗い流すように、潤は瞼を閉じて再び開く。

溜まっていた涙を睫毛に移して、新たな潤みを慈雨と倖に向けた。

「ん、もとる」と答える慈雨の表情は、不機嫌顔から淋しげなものへと変化している。

倖は変わらずしくしくと泣き続けていたが、部屋に戻ることには賛成のようで、「んっ」と答えて何度も頷いた。

「たくさん遊びにくるから、大丈夫だよ。ツァーリも約束してくれたし、もしかしたらすぐに来るかもしれないよ」

「しゅぐ？　ほんと？」

「うん、たぶんすぐだよ」

「いくちゅねると？　いとつ？」

「うーん、さすがに一つではないかなぁ……できれば、七つくらい寝たら来てほしいな。七つ寝るってことは一週間ってことだよ。まあ、実際は二週間かかるかもしれないし、一ヵ月とか空くのかもしれないけど、いい子で待ってたらあっという間だよ」

倖の質問に答えた潤は、自分の言葉に泣きたくなった。

待つ身は長く、あっという間などあり得ない話だ。

それでも子供達にとっては、瞬く間に過ぎるものであってほしい。

一夜すら離れずに済むならどんなにかよかったが、これはミハイロ自身が選んだことであり、ミハイロの命を危険に晒したことで傷ついているツァーリに、可畏と潤が追い打ちをかけられなかった結果でもある。

――あの人に好かれて困る気持ちと、子を持つ親として共感できる気持ちは、まったく別物なんだよな。今はただ、ミロくんをよろしくお願いしますって思いながら送りだすしかない。これまで以上に大切に育ててくれるはずだし……もう二度とあの子を利用したりしないって、そう信じてる。信じてる。

呪文のように自分にいい聞かせながら、潤はエントランスをあとにする。

ミハイロの能力を使い、潤に永遠の若さを与えるというツァーリの目的がすでに達成された以上、この先は純然たる愛情のみでミハイロを育ててくれると信じたかった。

不安がまったくないといえば嘘になるが、信じてもいい相手だと思ったからこそ、どうにか見送ることができたのだ。

「ただいま」

「パーパ、たらいま！」

「らいま……」

子供達と一緒に竜嵜家の専用ルームに戻ると、窓辺にいた可畏が振り返る。

彼にしては緩慢な動作で、肩と顔だけをこちらに向けた。

「おかえり」といったようだったが、去り際のツァーリと同じく声になっていない。

「ごめん、遅くなって」

「いや」

マークシムス・ウェネーヌム・サウルスの影は、三階からだとまだ見えるのだろうか。

可畏の視力だからこその話かもしれないが、いずれにしても潤は窓の外を見なかった。

心の赴くままに、可畏のそばに行って足を止める。

慈雨と倖から手を離し、厚みのある胸に倒れ込んだ。

「可畏……」

寄りかかりたいのと、支えたいのと、半々くらいの気分だった。

おそらく可畏も同じ気持ちだろう。

お互い、磁石のように相手を引き寄せる。

子供達も可畏の脚に縋りつき、スラックスを摘まんだ。

「——行っちゃった」

溢(あふ)れだしそうな涙をこらえて呟くと、強く抱き締められる。

外気で凝り固まっていた潤の体は、可畏の温(ぬく)もりに解けていった。

長旅を終えて安住の地に辿り着いたかのように、穏やかで心地好い。

足元から倖の啜り泣きが聞こえてきて、「いちゃたの……っ、ミロくん、いちゃたのっ」と声を上擦らせていたが、親達が声をかけるより先に慈雨が倖の手を握った。

「コーたん、ミロくんね、いっぱいくりゅよ」と力強くいい聞かせる。

ミハイロが目の前にいた状態では拗ねずにいられなかった慈雨は、今は倖を慰めたい真心に任せて、「コーたんおげんきちて、ね？」と励ましていた。

「んっ、ミロくん……いっぱいくりゅ？　しゅぐ？」

「くりゅよ！　しゅぐらよ、しゅぐっ！」

「……ん、しゅぐらねぇ」

慈雨の言葉に一度は笑顔になった倖は、そこから再び泣き崩れる。

顔をくしゃくしゃにして「ふえぇぇ、ビエエェ――ッ」と大泣きする倖を放っておけずに、潤は可畏と一緒に倖をひょいっと抱き上げた。

「倖、そんなに泣かなくて大丈夫だ。ミハイロはお前のことが大好きだから、すぐ遊びにくる。ツァーリも、それに反対するようなケチな男じゃない」

可畏の口から出た言葉に、潤は開きかけた唇を閉じる。

うんうん、そうだよ、その通りだよ――と肯定しかけたが、なんでも同調すればいいというものではないと思った。

ツァーリに対する評価が可畏の本心であろうとなかろうと、子供達の前で、ミハイロのもう一人の父親を悪くいう気はないのは明らかだ。ただ、その事実だけを理解していればいい。

「パーパ……れも、れもね、ミロくんね、アーリしゃんち、いちゃったのっ……」

「ああ、行っちゃったな……けどミハイロが自分で選んだことだ、受け入れてやらないとな。お前と慈雨が、俺や潤の許で暮らすのと同じで、ミハイロにとっては、ツァーリと暮らすのが当たり前だったんだ」

「あちゃい、まえ？」

「ああ、当たり前ってのは人それぞれ違うものなんだ。親子でも兄弟でも、何もかも同じってことはない。だいたい同じだったり全然違ったり、自分の常識は自分で決めるものだ。ただし、ミハイロが俺と潤の息子で、慈雨と倖の弟であることに変わりはないからな。どこにいようと誰と暮らそうと、ミハイロはうちの子だ」

可畏は自身と潤の間に倖を挟みながら、一言一言丁寧に語る。

遅れて慈雨のことも抱き上げ、額をこつんと合わせた。

「お前もちゃんと聞いてたか？」

「ん、ちゃんとよ！　あのね、ジーウ、ミロくん『うちのこ』ちたーげるの。プールでねー、いっちょにあしょぶの。ミロくんはー、ジーウのなかまれちょ？」

「そうか、仲間ってのもいいな。さすがは一番上の兄さんだ」

「ジーウしゃしゅがよー、いいこらの！　らってジーウね、いっちゃんにーたんらもん！」

「ああ、さすがだ。俺の兄なんか一番上が一番どうしようもなかったが、慈雨は泣いてる倖を励まし、ミハイロを受け入れて凌ぎ合える、凄くいい兄さんだ。ミハイロがこっちに来る日が楽しみだな」

　可畏は慈雨と倖を二人纏めて抱えて、穏やかに笑う。

　ようやく笑顔になった倖の髪に唇を寄せながら、瞼を閉じた。

「ミハイロは、ツァーリのエリダラーダと俺の学院を行き来して、もちろん他の所にも行って、様々な経験をするだろう。竜人や人間、サバーカと接触しながら育っていく。本人が望む以上、それは決して悪いことじゃないんだ」

　概ね納得して落ち着いた子供達に、さらにいい聞かせる必要はないにもかかわらず、可畏は自分自身を納得させるための言葉を紡ぐ。

　よくよく念を押さないと膨れ上がってしまう感情や、零れてしまう涙があるからだ。

　潤も同じものを秘めていたので、可畏の言葉を胸の奥まで飲み干した。

　慈雨と倖を両手に抱き、この二人は絶対に離さないと誓っているかのような可畏を見つめて、そっと頷く。

「可畏、一つ確認したいことがあって」

　ミハイロの親権問題に一応の決着がついた今、潤はもう一つの問題に切り込む。

　ツァーリを始め同行者達の能力をすべて把握しているわけではないので、彼らが去るまでは触れないことにしていた問題だ。

「確認したいこと？」

「うん、あのさ……俺、このまま年を取らないかもしれないんだよな？」

「ああ、エリダラーダで行われた研究と同じ結果になれば、そういうことになるんだろうな。お前は二人といない特異体質だし、そのまま反映されるとは限らねえが……一度死んだようになって、ゾンビみたいに復活したのは確かだ」

「ゾンビ……」

「ゾンビと呼ぶには美し過ぎるな」

「ビジュアル的なものは客観的に見てないからわからないけど、ほんとにゾンビ化したとして考えると、なんか複雑なんだよな。永遠の若さって一般的にはいいことでも、冷静に考えると結構怖いだろ？　自分の体のことだから、自分で決めたかったな」

「まったくだ、勝手なことをする奴には心底腹が立つ。ただ、まあ、老いても老いなくても、お前がお前としてちゃんと生きてるならそれでいい。不老の妙薬とやらの効き目に関しちゃ、一年や二年経てばハッキリすんだろ」

　子供達の頭に頬擦りしながら冷静に受け答える可畏を前に、潤は全身で息をつく。密かに抱えていた疑問の九割が、一気に晴れた気がした。

「やっぱり、アレのこと……忘れてたわけじゃないんだな？」

「忘れるわけねえだろ」

可畏は口角を片方だけ上げて笑い、慈雨の人差し指を器用に摘まんだ。

カフェオレ色の、まだ細く小さな指を自分の唇に引き寄せつつ、無言で沈黙を促す。

盗聴器やそれに準ずる物がどこに仕掛けられているかわからないから、言葉にするな——と、そういいたいのがすぐにわかった。

潤も同じ警戒をしていたため、アレと濁したのだが、現時点で、ほぼ間違いなくツァーリが把握していない情報を、可畏と潤は持っている。

正確には、クリスチャン・ドレイク博士が独占している情報だ。

——水竜人の体から採れる人魚玉……奇跡のマテリアル。可畏と同じ暴君竜のオジサンは、人魚玉を利用して少しずつ若返って、今では可畏のお兄さんくらいにしか見えない。もし俺が年を取らない体になっても、ツァーリの気長な計画は上手くいかないってことだ。

ツァーリの毒に免疫を持つ竜寄帝訶（ていか）の血を用い、免疫体質になったクリスチャンと可畏は、ミハイロに咬まれても細胞が超活性細胞に変異することはなく、不老の身にはなれない。

年を取らない潤は、老いていく可畏をいずれ見送ることになる——とツァーリは考え、潤がいわゆる未亡人になる時を待つ気でいるようだったが、可畏が別の方法で若さを保てるなら、その時は永遠に来ないことになる。

クリスチャンには怨みつらみがある分、研究者としてはしっかり役に立ってもらわなければ割に合わない。何をしてもらったところで割に合うことなど決してないが、せめて有益な形で返してもらわなければ、今後顔を合わせることすらできないだろう。

「あと一つ、ちょっとだけ疑問なんだけど……アレのこと忘れてないのに、なんでツァーリにあんなにブチ切れたんだ?」

残り一割の疑問を投げかけると、慈雨が「パーパ、ブチキレらたの?」と首を傾げ、倖まで「ブチキレらってなーに?」と訊いてくる。

「あ……ブチ切れたとか子供の前でいっちゃ駄目だな。つまりなんていうか、物凄ーく怒ってたって意味だよ。可畏が恐竜になってツァーリと戦ったのが不思議だったんだ」

子供達に説明する潤に、可畏もまた不思議そうな顔をする。

否、どちらかといえば不快げで、愚かな質問に勃然と腹を立てているようだった。

「一時的とはいえ、お前を死なせるに近いことをしたんだぞ、ブチ切れて当然だ。だいたい、お前に惚れる男は無茶なことをやり過ぎる。ツァーリも蛟も同じだ。水竜人の血を注射したり皇帝竜の毒やミハイロの毒を使ったり、お前を不死身だとでも思ってんのか?」

「……た、確かに無茶するよな……最初は可畏がしたんだけど」

「俺が自分の血をお前に輸血したのは、そうでもしなけりゃ交通事故で死ぬ状況だったからだ。アイツらはお前を助けるためでもなんでもなく、自分の目的を果たすためだけにとんでもねえことをしやがる。蛟は自分が短命だからと道連れ覚悟で無茶をして、ツァーリは事前にお前の血を採取してテストなりなんなりしたらしいが、実際やってみてどうなるかはわからない話だ。何より、物事がまだよくわかってないミハイロを使ったのが許せねえ」

「可畏……」

もしも失敗していたら……ミハイロに咬まれたことで潤が死んでいたら、あの子がどんなに傷つくか、そして慈雨や倖がどれほど悲しむか――結果とは別に子供達が受ける痛みを想像し、そのうえで怒り狂った可畏の気持ちを思うと、潤の心臓はびりりと痺(しび)れた。

悪い結果に転んでいた場合の恐怖と共に、抗い難い熱感に襲われる。

これで何度目かわからないが、またしても恋に落ちてしまった。

「可畏……俺、思うんだけど、ツァーリは根本的なところを間違えてるよな。もし未亡人的な状態になったとしても、俺はツァーリの物にはならないのに」

体中を駆け巡る血が、彼が好きだと大合唱する。

そんなのわかり切ってるから、ちょっと黙ってて――と思うくらい全力で騒ぎだして、肌が熱くてたまらなかった。鏡を見なくても顔が火照るのがわかる。

「そうなのか？」

ふっと笑いながら訊く可畏の胸元で、慈雨と倖が「しょーなのか？」「しょーなのね？」と声を合わせた。

二人して潤の顔をじっと見ると、「コーたん、マーマのおかお、あかーよ」「んっ、マーマ、リンゴしゃんらね」「ちあうよ、タコしゃんらよ！」と好き放題なことをいう。

「うん……可畏の前で林檎(りんご)やタコみたいになることはあるけど、あの人の物になることはあり得ないよ。だってさ、洗脳されてる間ですら、『なんか違う、なんか物足りない、なんか好みじゃない』って、ずっと思い続けてたんだから。死に別れて可畏の想い出がたくさんある中で、乗り換えられるはずないだろ？」

可畏に向かって照れつつも堂々と語った潤に、今度は可畏が頬を赤らめる番だった。

潤が何をいうのか想像し、期待したうえで余裕の笑みを浮かべていたのが嘘のように、耳や首まで色づき始める。

「そんな仮定自体、なり立たないし考える意味がない。俺はお前を残して死なないし、お前が老いるなら一緒に老いる。お前の命がある限り、お前と同じ時を生きていく」

「可畏……」

三人の子供の父親になっても、やはり可畏は照れ屋のままで、赤い顔をいつまでも見せてはくれなかった。

慈雨と倖と纏めて抱き寄せられて、潤は可畏の顔を見れなくなる。

その代わりに、三人分の鼓動と匂いを感じていた。

《十六》

竜泉学院に戻ってきて一週間が経過し、潤は一日千秋の思いでツァーリからの連絡を待ち、毎朝必ず「アーリしゃんからおてあみきた?」と、倖に訊かれる日々を過ごしている。

最初はミハイロがいつこちらに来るのかと訊かれたが、「ツァーリからお知らせのお手紙が届かないとわからないんだよ」と答えると、倖は手紙の到着を待つようになった。

おやつの時間に潤が焼いたケーキを、「ミロくんのぶん」といって取っておこうとしたり、完成間近のパズルを途中でやめて、「しゃいごはね、ミロくんがパチンしゅるの」といったり、倖はすっかり弟思いの兄になっている。

そんな倖に、慈雨はムッとして癇癪を起こしたかと思えば、「コーたん、えらーね」と一番上の兄らしく褒めることもあり、どちらに転ぶかは気分次第だった。

「あーあ、せっかくミハイロ様のために整えたのに、いつ使われるんだか」

急遽リフォームした子供部屋を前に、生餌二号ユキナリがぼやく。

潤は届いたばかりのクッションを小さなソファーに置いて、ぐるりと部屋を見回した。

ミハイロの好みがわかると主張する倖のチョイスで、壁紙はクリーム色にした。

倖が「ミロくんね、ちゃいろね、みとりね、すきよ」といったため、子供用にしては渋いと思いつつもファブリックをブラウンで揃え、差し色にはグリーンを使っている。

部屋は広過ぎず狭過ぎず、子供用の勉強机や本棚も用意した。

ミハイロが茶色や緑色を好むというのが事実なら、それは今のところ縁が薄い、土や緑への憧れのせいかもしれないと思い、潤は可畏が呼んだインテリアコーディネーターと相談して、ミハイロの部屋の家具を木の温もりが感じられる品で揃えた。

自分の部屋だったら気分が上がるなと思うくらい、センスがよい大人色ながらに、子供用のサイズで統一された可愛い部屋だ。

「ソファーにぴったりのクッションも届いたし、ミロくんの部屋、これでひとまず完成だな。あとは本人の希望を聞いて調整しようっと」

「どうせなら慈雨様と倖様のお部屋も作ればいいのに」

「今はチャイルドスペースで十分だって。模様替えとか、色々手伝ってくれてありがとう」

「可畏様の御子息のお世話をするのが、僕の仕事なんで」

子供が三人に増えたことで、生餌としてだけではなく保育係として雇用されることになったユキナリは、保育士になるために転部を決めていた。同じく生餌の三号や、ヴェロキラプトル竜人の辻と佐木も保育係に任命され、子供達の世話や護衛を任されている。

「今日でもう一週間でしょ、準備でバタバタしてたから早かったけど、いい加減連絡くれっていってもいいんじゃない？」

「うん、全然音沙汰なかったし、今日も連絡ないようなら訊いてみる。絶対不可侵権の時計の箱、通じたり通じなかったりするから出てくれるかわからないけど。もし誰か出てくれたら、あまり急かさない感じで……でも待ち遠しいってことは伝えないとな」

「急かしちゃえ急かしちゃえ。可畏様の御子なんだし、本来親権はこっちのもんでしょ」

「ハハハ……まあ、あっちでも可愛がってもらってるはずだから」

ツァーリの傍にいてあげたい、と思ったミハイロの気持ちを真っ直ぐに受け止めている潤は、ユキナリに何をいわれても揺れなかった。

ただ、「可畏様の御子なんだし」という彼の言葉が心底嬉しい。

ひとまずエリダラーダで暮らすことが決まったミハイロを、日本に来ている時は慈雨と倖と同じように扱ってほしいという潤の願いに、異を唱える者は一人もいなかった。

可畏の怒りを買うのが怖くて従っているわけではなく、保育係に選ばれた四人はもちろん、それ以外の面々も、「可畏様の血を引く強い御子が増えたなんて」と歓迎してくれた。

すんなりそういった流れになったのは、ある意味では慈雨と倖の功績で、ユキナリなどは「可愛いが渋滞してるってこういうこと？　またニゴタン呼びがいいかなぁ、それとも名前で呼ばれちゃう？」と、夢見るようにミハイロの来日を待ち侘びていた。

「俺がちょっと心配してるのは、ツァーリの時間的な感覚なんだよな。気長に構えるところがある人なんで、俺達が期待するより時間かかったりして」

「うーん、大丈夫じゃない？　ミハイロ様は見た目以上に御子様なんだし、そろそろこっちに来たくなってるでしょ」

「だといいけど」

その場合、ママが恋しいのではなく兄が恋しいんだろうなと苦笑しつつ、潤は子供サイズのベッドを整える。

オーガニックコットンのカバーをぴしりと伸ばし、ここで眠るミハイロの姿を想像した。

理想としては五人で同じ部屋に寝て、三兄弟の寝顔の写真を撮ったりしたいが、ミハイロの意思が何よりも優先だ。

普段通り独りで眠りたいなら眠れるように……そして所持品を気兼ねなく保管できる場所や、人目を避けて着替えられる場所があった方がよいと考えて、この部屋を用意した。

自分の物を選ぶ時は迷う倖が、ミハイロの物を選ぶ時はクッション一つにしても「ミロくん、これなの」と即断するのが不思議だった。

潤の読心とは違うが、何かしら特別な力があるのかもしれないと感じている今日この頃だ。

実際にミハイロが来てこの部屋を見た時、いったいどんな反応をするのか、潤も可畏も早く確かめたくて仕方がなかった。

「潤、ここにいたのか」

ミハイロの部屋を出ようとすると、可畏が廊下を歩いてくる。

左手は慈雨と繋がっていて、慈雨は倖の手を握っていた。

てくてく歩きの双子に合わせた歩幅で進む可畏の右手に、潤は釘づけになる。

その手にあったのは、非日常感のある如何にも上等な紙を使った赤い封筒だった。

しかも封蠟が施してあり、これは特別な報せですと物語る風情だ。

「手紙⁉　それ手紙⁉」

待ちに待った手紙が、遂に――と目を皿にして歓喜する潤に、慈雨と倖が飛び切りの笑顔で「おてあみらよ！」「おてあみきたの！」と嬉しそうに答える。

一瞬「ヤッターッ！」と飛び跳ねそうになった潤だったが、ほぼ同時に疑念を抱いた。

可畏の表情が冴えないうえに、手つきが、つまりは手紙の持ち方が雑だったからだ。

指先で軽く挟み、体からなるべく離すような持ち方は雑巾のような扱いで、いくら差出人がツァーリでも違和感がある。

何しろ可畏は、潤と同じか、それ以上に首を長くして連絡を待っていたのだ。

釧路であまりミハイロと触れ合えなかったこともあり、ああしたい、こうしたいとあれこれ考えて胸を膨らませ、子供達三人のために……と、竜嵜グループを挙げて無人島を買い取り、竜人専用遊園地の建設プロジェクトに着手するほどの熱の入れ様だった。

「手紙は手紙でも、俺達が待ってるやつじゃない」

「……というと？」

「マーマ、リーアくりゅお！」

「んっ、ムームくりゅのよ！」

　慈雨がリーア、倖がムームと、違う呼び方をしている相手はキメラ翼竜リアム・ドレイクで、遺伝子的には双子の叔父に当たる。

　雌雄（しゅう）同体なので叔母でも間違いではなく、以前面倒を見てもらったこともあり、慈雨も倖もリアムを慕っていた。

「リアムからの手紙ってこと？　あ、その紋章はドレイク家のか……」

「来週からこっちで暮らすらしい。うちの大学に通うと書いてある」

「えっ、なんでまた……まさかオジサンまで来たりしないよな？」

「その可能性を考えて吐き気を催していたところだ。リアムは、奴が例の……胃の検査結果を捻じ曲げた件で腹を立て、さすがに愛想を尽かして距離を置くことにしたらしい」

「えっ、それって……別居的な？」

　可畏が封筒を雑に持っていたのはクリスチャン絡みだったからのようだが、一方でリアムに対する態度は軟化している彼は、にやりと悪い顔で笑った。

「単なる痴話喧嘩ですぐ元鞘（もとさや）に収まりそうだが、いい薬にはなるんじゃねえか？」

「なるなる、それはもう……っ、絶対なるって！　リアム、よく決めたな！　凄い、いいよ、オジサンには最高の薬だよ！　こうなったらもう、オジサンがしっかり反省するまでこっちにいてもらいたいよな。慈雨、倖、リアムが来たらメッチャ歓迎してあげてっ」

潤が身を屈めて頼むと、子供達は「はーい！」「あーい！」と声を揃えて大賛成した。

待望の手紙ではなかったことで、可畏は疎か潤まで落胆を顔に出してしまったが、子供達は純粋にリアムの来日を喜んでいる。

飛行能力という共通点を持つ倖に至っては、「コーね、ムームとね、ブーンしゅるの」と、目を輝かせていた。いつでも思いやりのある倖は、飛べない慈雨に向かって「ジーくんもね、いっちょにブーンちようね」と声をかけるのを忘れない。

飛べないことへのコンプレックスがだいぶなくなった慈雨は、可畏や倖と繋いでいた両手を離して飛行機のように広げた。

「ちゃんにんでブーンらね！」

「んーん、ミロくんもいっちょらよー」

「んー？　ミロくん、ジーウといっちょによくよー」

「泳ぐのも飛ぶのも、皆で一緒に仲よくやれるといいな。可畏が新しい島を買ってくれたし、外で思い切り遊べる日も近いかも」

「そうだな、ミハイロも俺の頭に乗せてやりたいし、そうなるとここじゃ無理だ」

「うんうん、あ……オジサンに反発したってことは、リアムはミロくんのことをまともな目で見てくれてるんだよな？　慈雨や侍と同じように可愛がってくれるよな？」

「当然だ。俺の息子を敬う奴か可愛がる奴しか、この学院には入れない」

「……だな、世間の荒波に揉まれるのはまだ早いし」

潤は未だに飛行機ポーズを取っている慈雨と、可畏の脚に寄り添う侍の頭を撫でる。

慈雨、侍、ミハイロの三人が、一生ずっと、誰からも大切にされる人生を送れたらどんなにいいかと思うが、それは難しいことだとわかっていた。

どれほど強くても、賢くても優しくても、本人の美点や努力とは無関係に——或いは優れているからこそ、悪意に傷つけられる日が来るかもしれない。

つらいことも貴重な経験として、力強く乗り越えていく力を持つ子供達だと信じているが、今しばらくは、愛と好意の真ん中で、無邪気に笑っていてほしかった。

「リアムが来てくれることになってよかったな、二人ともリアムのこと好きだもんな」

「しゅき！　リーアね、おかみね、ジーウみたいらの！　キラキラれしょ？」

「コーもしゅき！　ムームのおかみ、ながーいの！　きれーらの！」

「しかもピンクっぽいし、あのストロベリーブロンドのサラサラロングは見惚れちゃうよな。目の色もピンク系で珍しいから、ミロくんびっくりするかな？」

「ミロくん、くりゅ？　いちゅ⁉」

「ああごめん、それはまだ……」

「あらぁ？　なんかバタバタと足音が」

潤の後ろに立っていた二号ユキナリの言葉に、可畏が「辻だな」と答えると、ユキナリも「そのようですね」と同意する。

人間の聴覚しか持たない潤も、少し遅れて足音を聞き取った。

誰のものかまではわからないが、二人が辻だというのだから辻なのだろう。

「可畏様！　可畏様、大変です！」

寮の廊下から占有スペースに続く主扉がバーンと大胆に開かれ、「バタバタ」と表現するに相応しい足音を立てて辻が駆け込んでくる。

俊足を誇るヴェロキラプトルの影を背負う彼は、瞬く間に可畏の前まで来た。

乱れていた息を気合で整え、仰々しく膝を折って「これが」と手にしていた物を掲げる。

両手で可畏に向かって差しだされたのは、リアムの手紙に勝るとも劣らない特別感のある、封蠟つきの緑色の封筒だった。

「辻さん、それって！」

「フヴォーストの紋章……っ、今届いたのか⁉」

「はい！　たった今、エージェントと思しき男が、これを学園の正門ポストに投函して、すぐ立ち去ったそうです。差出人はツァーリではなく、リュシアン・カーニュとあります」

大学部のブレザー姿の辻の言葉に、一瞬空気が凍りつく。

何故ツァーリからではないのかわからず、膨らみ切った期待が打ち砕かれるかと思ったが、封蠟の紋章はフヴォーストのものだ。ミハイロの来日と無関係とは思えない。

慈雨と侔も、「おてあみ⁉︎」「もでうさん⁉︎」と身を乗りだした。

トップモデルのリュシアン・カーニュがミハイロと繋がっているのは承知のうえで、きっとミハイロの来日を告げる手紙に違いないと心躍らせている。

「開けるぞ」

可畏は指先まで緊張を走らせながら、素手で封を開けた。

書斎まで行ってペーパーナイフを使って開封する余裕などない様子で、かといって、決して雑ではなく慎重に、潤と辻とユキナリの視線を受けながら中身を取りだす。

「あ、あれ？　このカード、もしかしてフランス語？」

「ああ、リュシアンが書いたんだろうな」

「そういえばフランス人だっけ」

母国語以外は辛うじてなんとか英語を読める程度の潤は、可畏が手にしたカードに書かれた筆記体を凝視する。いくらそうしたところで理解できる単語は一つも見つからず、可畏の唇が開く瞬間を、固唾を吞んで待つしかなかった。

「リュシアンは、ミハイロの世話係になったらしい。来日の際は同行すると書いてある」

「……え、それってつまり、この寮に泊まったりとか、するってこと？」

「そういうことだな。『中身は私自身なので御心配なく』とも、『御希望でしたらモデルとして潤様にレッスンをつけて差し上げます』とも書いてあるが、奴が来るなんて無茶苦茶な話だ。同行者が必要ならリュシアン以外のサバーカか竜人を寄越すべきだろ」

可畏は眉を歪ませて不満を口にしたが、潤は彼の表情にまったく別の感情を見る。

文句をいいつつも、普段は険しい目がどこか優しくて、胸の内に芽生えた喜びを隠し切れていなかった。

「トップモデルのレッスンは魅力的だし、もし中身がツァーリだったら見破る自信があるから問題ないと思うけど……そんなことよりミロくんは？　いつこっちに来られるか決まった？　見た感じ日付とか書いてないみたいだけど」

読めない仏文の中から数字を探す潤は、祈るような気持ちで可畏を見つめる。

今度こそ、今度こそ絶対によい報せが聞けると信じる潤に、可畏は深々と頷いた。

「次の満月の日に連れてくるそうだ。まずは二泊三日の予定で滞在したいと書いてある」

「──っ、次の満月？　な、何それ……次の満月っていつ⁉　日付を書けよ！」

日常的に月齢を意識していない潤は、まさか最大で約一ヵ月待ちってこと──とショックを受けかけたが、「次の満月は明後日です！」と救いの言葉が飛んでくる。

いつの間にか携帯端末を開いていた辻による情報だった。

「可畏、ミロくんが！」

「ああ、よかった」

万歳でもなんでもして飛び上がりたい気持ちを抱えながら、潤も可畏も感極まってお互いの体を引き寄せ合う。

子供達が「ミロくん、くりゅ⁉」「あしゃってはなんかいねんね⁉」と大騒ぎしていたが、まずは親同士ぎゅっと抱擁を交わし、本来長くはないはずの一週間の長さを痛感した。

可畏の肩に埋めた潤の口からも、可畏の口からも、「よかった」しか出てこない。

「慈雨様、倖様、お昼寝を入れたら三回ねんねですよ。あ、でも四回かも？」

「にごたん！　コーね、いまね、しゅぐねんねしゅる！」

「ジーウも！　ねんねして、おっきして、そいでね、もっかいねんねよ！」

ミハイロが近々来るとわかって、子供達はギンギンに冴えた目をしながら「ねんねよ！」と大興奮する。

どう見てもすぐ眠りそうにないが、実際に眠ったら明後日が早く来る気がして、できることなら潤も一緒に眠ってしまいたかった。

「明後日からの二泊三日、ミロくんに楽しんでもらわないとな。リュシアンさんはツァーリに色々報告するんだろうから、それも考えた遊び方をして……ああ、楽しみだなぁ、ミロくん、部屋を気に入ってくれるかな？」

「気に入るに決まってる。何しろ倖が選んだんだからな」

「なんか不思議議な力があるもんな、共感能力みたいな」

潤と可畏が倖のことを話しているにもかかわらず、子供達は二人の世界に入り込み、並んで突然踊りだす。

「パーパ、マーマ！　ミロくんとムームにね、コンブダンシュみちぇもらうの！」

「ああ、いいねぇ！　二人ともきっと喜んでくれるよ！」

はしゃぐ双子に潤と辻が手拍子を送り、ユキナリは一緒に踊りだす。

可畏は部下の目があるのも忘れ、いつになく相好を崩していた。

「コンブー、コンブー、コンブゥーなぼくらの、りそーはねー、うみでユラユラー、しょれがいっちゃんなんれしゅよー」

四人の時もあれば五人の時もあり、チーム可畏や潤の親族を含めた大人数になることもあるファミリーの幸せを想いながら、潤も一緒に踊りだす。

願わくは、これからも幸せに暮らせますように。何があっても、大切な人の存在を忘れずに、生きていけますように。これからもずっと、皆で――。

あとがき

こんにちは、犬飼(いぬかい)ののです。

本書を御手に取っていただき、ありがとうございました。

暴君竜シリーズ十作目、とりあえず一区切りの『最愛竜を飼いならせ』でした。

可畏×潤という一つのカプのみで十作書くのは、私にはとても大変でしたが……マンネリにならないよう変化を入れながら、二人の成長をじっくり書けたのではないかと思います。

記憶が曖昧ですが、元々は一巻完結、そのあと二巻まで、そのあと四巻まで……と決まって、四巻目に最強の双子恐竜を持ってきたら、「もう少し続けましょう」となって、最強ではなく「最凶」だったことにして、そこから慈雨と倖が生まれる流れに向かいました。

そして六巻の幸せな雰囲気のまま完結の予定が、また続けることになって嬉しい悲鳴を上げ、真の最強竜人、皇帝竜が誕生しました。

新たに興味を持ってくださった読者様に、気軽に（気軽ではないかもしれませんが）御手に取っていただくためにも、十巻で一区切りつけたいという思いがありましたので、実現できた今はホッとしています。

　こんなにたくさん、思うままにのびのびと書かせていただけたのは、この暴君竜シリーズを応援してくださった読者様と、いつも素晴らしいイラストを描いてくださった笠井（かさい）あゆみ先生、導いてくださった担当様や関係者の皆様のおかげです。本当にありがとうございました。

　可畏×潤の番外編を含めて、執筆予定や書きたいと思っているものが色々とありますので、これからも是非、暴君竜シリーズをよろしくお願い致します。

犬飼のの

この本を読んでのご意見、ご感想を編集部までお寄せください。

《あて先》〒141-8202　東京都品川区上大崎3-1-1　徳間書店　キャラ編集部気付
「最愛竜を飼いならせ」係

【読者アンケートフォーム】
QRコードより作品の感想・アンケートをお送り頂けます。
Chara公式サイト http://www.chara-info.net/

最愛竜を飼いならせ

■初出一覧
最愛竜を飼いならせ……書き下ろし

最愛竜を飼いならせ……………………【キャラ文庫】

2021年4月30日　初刷

著者　犬飼のの
発行者　松下俊也
発行所　株式会社徳間書店
〒141-8202　東京都品川区上大崎3-1-1
電話　049-293-5521（販売部）
03-5403-4348（編集部）
振替　00140-0-44392

印刷・製本　図書印刷株式会社
カバー・口絵　近代美術株式会社
デザイン　百足屋ユウコ＋モンマ蚕（ムシカゴグラフィクス）

ISBN978-4-19-901027-9